BonJour

+22.50

Balloni

# Love zone

# Chantal D'Avignon

# L♥ve zone

ÉDITIONS DE MORTAGNE

Catalogage avant publication de
Bibliothèque et Archives nationales du Québec et
Bibliothèque et Archives Canada

D'Avignon, Chantal

    Love zone

    (Collection Tabou ; 2)

    Pour les jeunes de 14 ans et plus.

    Texte en français seulement.

ISBN 978-2-89074-952-8

1. Titre

    PS8607.A952L68 2010      jC843'.6       C2009-942602-1
    PS9607.A952L68 2010

*Édition*
Les Éditions de Mortagne
C.P. 116
Boucherville (Québec) J4B 5E6

*Distribution*
Tél. : 450 641-2387
Télec. : 450 655-6092
Courriel : info@editionsdemortagne.com

*Tous droits réservés*
Les Éditions de Mortagne
© Ottawa 2010

*Dépôt légal*
Bibliothèque et Archives Canada
Bibliothèque et Archives nationales du Québec
Bibliothèque Nationale de France
1er trimestre 2010

ISBN 978-2-89074-952-8

1 2 3 4 5 – 10 – 14 13 12 11 10

Imprimé au Canada

Nous reconnaissons l'aide financière du gouvernement du Canada par l'entremise du Programme d'aide au développement de l'industrie de l'édition (PADIÉ) et celle du gouvernement du Québec par l'entremise de la Société de développement des entreprises culturelles (SODEC) pour nos activités d'édition. Gouvernement du Québec – Programme de crédit d'impôt pour l'édition de livres – Gestion SODEC.

Membre de l'Association nationale des éditeurs de livres (ANEL)

ASSOCIATION NATIONALE DES ÉDITEURS DE LIVRES

# Sommaire

Pour ma fille qui a réveillé l'adolescente que je croyais avoir laissée loin derrière moi. Merci Karel, de m'avoir communiqué ta fougue, ta fraîcheur et ton effervescence. Perturbant, soit, mais revivifiant, ô combien !

Pour tous ces jeunes, tendres et purs, fragiles et durs, tels des diamants bruts que la vie n'a pas encore façonnés.

# -1-
## Qui suis-je ?

Avril 2008

Je ressens soudain l'urgence d'écrire les pensées qui se bousculent dans ma tête. Je ne garantis pas le résultat. Qui sait où cela me conduira ? Je pourrais devenir écrivaine et ne plus m'en faire pour mon avenir. Je pourrais même vendre un tas de livres qui me rapporteraient gros, tiens !

J'ai tendance à « m'abandonner à la folie des grandeurs », comme dit toujours ma mère quand nous avons ce genre de conversations. Passons donc aux choses « sérieuses ». Pour que ce soit efficace, je dois prendre quelqu'un à témoin. J'ai eu l'idée en regardant l'émission de télévision *Ramdam* : les acteurs s'adressent souvent à la caméra pour établir un lien avec le public. J'ai décidé que toi (cher lecteur), tu feras très bien l'affaire. Cela m'aidera peut-être à y voir plus clair les jours où rien ne va plus.

Es-tu prêt ? Je me lance…

Il n'y a pas si longtemps, je savais exactement qui j'étais, qui m'aimait et qui j'aimais. Mon univers se résumait ainsi : mes parents, solides comme le roc ; mon frère Éric, protecteur utile mais parfois agaçant ; ma famille, tranquille du côté des

Blanchet, bruyante du côté des Renaud ; et, finalement, mes amies, seules alliées dans ce monde majoritairement adulte. J'étais heureuse. Je me promenais dans la rue, sans souci, jusqu'au jour (enfin, je crois) où je me suis intéressée de près aux « multiples possibilités du multimédia » (je cite, cette fois-ci, mon professeur de méthodologie de travail).

Avant, j'associais l'ordinateur aux tâches scolaires. Je l'allumais pour faire mes recherches sur Internet. Parfois, je jouais en ligne, mais je me tannais vite. Par beau temps, j'allais souvent me promener au parc avec mes amies. Sinon, je regardais un film en famille ou j'écoutais une émission de télévision avec ma mère. Comme toutes les filles de ma classe, j'observais les garçons. Ils étaient turbulents, stupides, ou les deux à la fois. Je ne les intéressais pas, et cela ne me préoccupait pas une seconde. Du moins, jusqu'à présent !

L'ordinateur trône toujours sur la table de travail de ma chambre, sauf que, maintenant, je m'en sers autrement. J'ai appris à utiliser MSN Messenger. Tu sais, c'est ce qui permet de discuter en temps réel avec nos amis qui se branchent sur le Web ? Au début, je n'y comprenais rien. Il a fallu que j'apprenne le langage des internautes. Par exemple :

| | | |
|---|---|---|
| *T où ?* | signifie | *Tu es où ?* |
| *JTM* | signifie | *Je t'aime* |
| *Tk* | signifie | *En tout cas* |
| *A+* | signifie | *À plus tard !* |
| *Koi de 9* | signifie | *Quoi de neuf ?* |
| *Chu là dans 2* | signifie | *Je suis de retour dans 2 minutes* |
| *Keskon bouffe ?* | signifie | *Qu'est-ce qu'on mange ?* |
| *Dzl, jsuis OQP* | signifie | *Désolé, je suis occupé* |
| *Lol* | signifie | *Laugh out loud* |

Mais ne t'inquiète pas, cher lecteur, j'ai décidé d'épargner le débutant que tu es peut-être en traduisant dorénavant tout ce charabia en bon français. Mon prof serait fier de moi s'il savait… Malheureusement pour lui, tout ce que j'écris s'adresse uniquement aux gens de ton âge.

Où est-ce que j'en étais déjà ? Ah oui ! Au *tchat*.

Mon cercle d'amis s'est élargi depuis que j'ai commencé. Bon, ça y est, je vois d'ici la panique t'envahir. Ce n'est pas ce que tu crois. Ma mère, une femme très sage que j'écoute la majorité du temps, m'a déjà instruite des dangers que je cours à communiquer avec des inconnus sur le Net. Ils pourraient très bien tricher sur leur âge. C'est pourquoi les forums qui réunissent des internautes anonymes ne m'intéressent pas. Je préfère de beaucoup parler avec de vraies personnes, c'est-à-dire des filles et des gars (oui, oui, tu as bien lu, des « gars ») de mon entourage.

Laisse-moi t'expliquer comment ça fonctionne (si tu ne le sais pas déjà !).

Au début, tu communiques avec tes amis grâce au portail de MSN Messenger. Ceux-ci te fournissent les coordonnées de leurs amis. Puis, l'ami d'un ami devient un ami tout court, et ainsi de suite. C'est facile, pratique et la plupart du temps beaucoup moins gênant qu'en personne.

Mais, car il y a un « mais », je dois te prévenir : tu dois ABSOLUMENT préparer tes arguments pour les adultes. Ils ne comprennent pas l'utilisation qu'on fait d'Internet. C'est devenu une source majeure de conflits entre ma mère et moi. Elle prétend connaître les motivations inavouées des jeunes qui, selon elle, se cachent derrière leur écran afin de ne pas révéler ce qu'ils sont en réalité.

Je ne sais même pas qui je suis vraiment moi-même ! Quand je me regarde dans le miroir, je ne me reconnais plus. Imaginez le choc quand j'ai constaté que je dépassais ma mère d'au moins cinq centimètres ! C'est le monde à l'envers.

Depuis un an, j'ai pris cinq kilos. Je me trouve grosse. Ma mère pense le contraire. Elle parle de poids santé, calculs scientifiques à l'appui. Ne voit-elle donc pas que mes hanches et mes cuisses sont disproportionnées ? Quand j'ose me comparer aux actrices de cinéma ou aux mannequins des magazines, ma mère répond tout de suite que, dans la vraie vie, ce n'est pas arrangé avec le gars des vues, même si Photoshop est là pour effacer les boutons à l'approche de mes règles… J'aimerais bien la croire ; j'aimerais surtout qu'elle arrive à convaincre mes amies... et tous les élèves de l'école, tant qu'à y être !

Je m'égare, là ! Revenons à nos moutons.

Ma mère peut penser ce qu'elle veut, la messagerie instantanée comme MSN fait l'unanimité à l'école. On en a besoin pour se défouler, s'amuser, faire de nouvelles rencontres… Je dis à ma mère que je m'en sers surtout pour obtenir de l'aide en ligne afin de faire mes devoirs. Cette excuse fonctionne un certain temps, jusqu'à ce qu'elle trouve que j'exagère.

Je me relis, et je me dis que je m'embrouille, que j'éparpille mes idées comme sur le brouillon d'une dissertation.

Bref, je change, et je ne sais pas encore si c'est en bien ou en mal. Lorsqu'un adulte me demande ce que je veux faire plus tard, je lui balance n'importe quelle réponse, car je n'en ai aucune idée. Ça m'angoisse. Est-ce normal ? Ma mère me traite d'ado, comme si cela expliquait tout. Alors, je me rabats sur MSN, qui est ma seule planche de salut. Et la cerise sur le *sundae*, même si j'ose à peine y croire, c'est que les garçons sont devenus pour moi une source de préoccupation majeure. Rien ne va plus, quoi !

J'achève ma quatrième année du secondaire. J'ai 15 ans. Je m'appelle Marie-Michelle Blanchet. C'est tout ce que je sais sur moi… pour l'instant !

-2-
## Un *chum*, ça presse !

Avril 2008

Un sujet de conversation fait l'unanimité chez les filles : le « genre » masculin. Au début, ça me tapait sur les nerfs. Petit à petit, je me suis prise au jeu. Tout a commencé, je crois, lorsque Marie-Ève nous a avoué, à Josiane et à moi, qu'elle avait le *kick* pour un gars de sa classe.

En passant, Josiane et Marie-Ève sont mes meilleures amies. J'ai d'abord connu Josiane, qui était dans mon groupe de première secondaire, et ensuite Marie-Ève, qui était son amie du primaire. Depuis, nous sommes devenues inséparables. Malgré sa petite taille, Josiane a beaucoup de caractère. Elle est fonceuse, un peu susceptible mais très sociable. À l'inverse, Marie-Ève est grande et fragile. Elle ne parle pas pour rien dire. Ceux qui ne la connaissent pas la jugent snob, pourtant elle est plutôt timide de nature. Je me situe entre les deux, c'est-à-dire que je suis de taille moyenne. Je parle facilement avec les autres, et je ne partage mes pensées secrètes qu'avec mes amies intimes.

Josiane nous avait déjà souvent parlé de ses fréquents coups de foudre. Il y a d'abord eu Jordan, l'an passé. Depuis, nous avons eu connaissance d'un certain Max, de Mathieu, puis le dernier en lice, Jean-Yves. Elle nous a tellement habituées à ses revirements que nous n'y faisons plus tellement attention.

Alors, imaginez ma surprise lorsque Marie-Ève, la plus tranquille de nous trois, elle qui n'a jamais émis un quelconque commentaire sur les garçons, nous annonce qu'un d'entre eux (et pas n'importe lequel) lui a demandé de sortir avec lui !

Daniel ! Le Dan tannant qui nous tirait la queue de cheval dans les corridors et qui faisait le clown durant les cours de morale. Celui-là même qui est allé chez le directeur parce qu'il était responsable d'une *food fight*. Il faut dire que Dan a pas mal changé ces derniers temps. Il a grandi de façon spectaculaire en prenant une bonne vingtaine de centimètres en l'espace de quelques mois seulement.

Plus curieux encore, c'est que Marie-Ève ne lui a pas dit non ! Une bombe n'aurait pas eu plus d'effet sur moi.

À partir de ce jour, je les ai beaucoup observés. Leurs débuts ont été plutôt lents. Daniel et Marie-Ève ont commencé à se parler entre les cours. Les fins de semaine, ils ne sortaient jamais seuls. Soit ils se joignaient à nous au cinéma, soit ils se tenaient avec les amis de Dan. Ensuite il y a eu les dîners à l'école, où tout ce beau monde (c'est-à-dire les amis des deux côtés du couple) se rencontrait à la cafétéria, dans une joyeuse pagaille, pour ne former qu'une seule et même *gang*. Et, tout doucement, ils en sont venus à se tenir par la main.

J'en étais là dans mes observations lorsque Josiane m'appela à la maison, en ce fameux lundi…

– Tu ne sais pas quoi ? me dit-elle en catastrophe.

– Quoi ?

# L♥ve zone

– Je les ai vus s'embrasser ! répondit-elle, excitée comme une puce.

– Qui ?

– Ben, Dan et Èvie ! s'exclama-t-elle, exaspérée. Qui d'autre ?

– Sur la bouche ?

– Non, sur la joue, singea-t-elle. Ne sois pas ridicule. Oui, sur la bouche. Un *french*, quoi !

– Pas vrai ! m'écriai-je, déçue d'avoir manqué ça.

– Je l'appelle ou tu l'appelles ? demanda Josiane.

– On devrait peut-être la laisser tranquille, suggérai-je en me grattant la tête.

– Tu es malade ! lança-t-elle simplement.

(La diplomatie n'a jamais été son fort.)

– Si on attend, poursuivit-elle, on en a pour des jours, peut-être même des semaines avant d'avoir des détails. Je ne pourrai pas attendre aussi longtemps.

– Appelle-la.

– Toi d'abord. Tu as plus le tour que moi pour lui tirer les vers du nez.

Elle avait raison. Josiane était un peu trop directe pour Marie-Ève. Celle-ci pouvait devenir aussi muette qu'une tombe si nous insistions trop. Souvent, je servais de tampon entre les deux. Comment faisaient-elles pour être amies avant que je les rencontre ?

– Je vais me brancher sur Internet pour voir si elle y est, annonçai-je.

Dès que j'ouvris mon ordinateur, mon MSN démarra automatiquement. Une fenêtre s'ouvrit aussitôt.

– Elle est là, affirmai-je au moment même où un bip retentissait.

Je lus le message suivant :

– Salut, Mich 😊.

– Jo, elle m'écrit.

– Demande-lui, me pressa mon amie au téléphone.

– Je te mets sur haut-parleur.

Je me fis craquer les doigts, puis je me lançai à l'assaut du clavier :

– Ça va, Èvie ?

– Ça va, écrivit-elle.

– Qu'est-ce qu'elle dit ? s'empressa de demander Josiane.

– Les paroles d'usage lorsqu'on se connecte, répondis-je ironiquement.

> – Quoi de neuf ? tapai-je.

Ça manquait d'originalité, je sais, mais au moins, j'entrais dans le vif du sujet.

– Elle hésite, fis-je remarquer à haute voix.

– Fais-lui cracher le morceau, s'impatienta Josiane.

– Ça y est, elle tape un message ! coupai-je.

– Qu'est-ce qu'elle dit ? s'écria Josiane.

– Elle en a long à écrire...

– Et puis ? demanda Josiane, un brin énervée.

– Franchement ! m'exclamai-je. Elle est plate. Elle me raconte sa journée. Elle est déçue de sa note en maths. Elle a peur de ne pas être prête pour son examen en sciences physiques. Blablabla...

– Va droit au but, conseilla Josiane.

– Laisse-moi faire, répondis-je en tapant une réponse rassurante pour mettre Marie-Ève en confiance :

> – Je suis sûre que tout va bien aller en physique ; je t'ai vue étudier cette semaine 😊.

— Oui, mais pas assez à mon goût, répondit Marie-Ève.

— Comment va Dan ? risquai-je, moins subtile que d'habitude, vu la pression que me mettait Josiane.

— Il va bien.

– Elle nous fait languir, commentai-je pour Josiane.

– Elle m'énerve, s'indigna Jo.

Je devais me montrer fine psychologue et y aller plus subtilement.

— Si tu savais comme je trouve étrange de te voir sortir avec un gars, me lançai-je, avec un mélange de sincérité et d'intérêt personnel. Je me pose plein de questions .

— Quel genre de questions ?

— Du genre : comment je me sentirai lorsque mon tour viendra, par exemple.

– Qu'est-ce que tu écris ? s'impatienta mon autre copine.

– Je ne peux pas te parler, penser et écrire en même temps, lui expliquai-je, sur un ton qui trahissait mon agacement.

– D'accord, se résigna Josiane.

Elle se tut. Je pus enfin lire la réponse de Marie-Ève.

— Tu vas te sentir comme au cinéma...

– Qu'est-ce que tu veux dire ? écrivis-je, intriguée.

– Je ne me reconnaissais plus. Lorsque Dan s'est inté-ressé à moi, j'ai fait comme si de rien n'était. Alors, il s'est mis à me fixer avec plus d'attention. Je me suis rendu compte que j'aimais ça.

– Toi qui détestes tous ceux qui te regardent de trop près !

– Pas Dan, en tout cas ! J'aimais ses regards fuyants. Je me suis vite aperçue qu'il me suivait des yeux quand j'entrais dans une pièce. Lui aussi a changé. Tu ne trouves pas ?

– Il a beaucoup grandi.

– Pas juste physiquement. Il ne fait plus l'imbécile comme avant.

Tout dépendait du point de vue. Le jour même, Dan avait tapé sur le coude de son meilleur copain pendant que celui-ci amenait à sa bouche une cuillerée de pudding. Il en a eu le visage beurré de haut en bas… Trop drôle !

– Est-il gentil avec toi ? repris-je pour ne pas perdre le fil de la conversation.

– Oh oui 😀.

– Tu sembles beaucoup l'apprécier.

– Il est tellement doux. Je le trouve pas mal...

– Pas mal quoi ? demandai-je.

– J'ai tenu le plus longtemps que j'ai pu, s'interposa Josiane, brisant ma concentration. Tu tapes sur ton clavier depuis tantôt.

– Chut ! Elle y vient, justement.

La réponse d'Èvie apparut en lettres de feu.

– Elle le trouve *sexy* ! gloussai-je dans le téléphone.

– Ayoye ! Tu es sûre qu'elle a écrit *sexy* ? répliqua Josiane, qui avait apparemment de la difficulté à me croire.

> – Ai-je bien lu ? m'empressai-je d'écrire. Jamais je n'aurais cru que tu emploierais un mot qu'il n'y a pas si longtemps encore, tu trouvais vulgaire.
>
> – J'ai changé 😊.
>
> – À qui le dis-tu !

J'inspirai un bon coup avant de dire à voix haute :

– Jo, je lui pose la question. Elle est prête.

– *Go, go* ! clamèrent les haut-parleurs du téléphone.

Je pris quelques secondes pour réfléchir à la manière de formuler ma phrase. Le plus simple était de me mettre à sa place.

> – Je me suis aussi demandé ce que j'éprouverais si un gars m'embrassait, commençai-je prudemment. J'ai peur d'avoir l'air d'une débutante 😣. Et toi, comment vas-tu t'y prendre si Dan passe à l'action ?

# L♥ve zone

Je laissai mes doigts en suspens au-dessus du clavier. J'attendais sa réponse en retenant mon souffle.

– Mich, tu me tortures ou quoi ? résonna dans mes oreilles la voix de Jo.

– J'attends sa réponse.

– As-tu vraiment posé la question ? s'enquit-elle fébrilement.

– Oui, affirmai-je. Elle hésite encore. On aurait peut-être dû attendre qu'elle nous en parle.

Je vis soudain dans la partie basse de la boîte de dialogue qu'Èvie était en train de taper un nouveau message.

– Mon Dieu ! m'écriai-je.

– Quoi ! cria Jo.

– Elle me répond...

– Parle ! commanda Josiane. Dis quelque chose !

– Une seconde, je vais te lire son message : Dan est passé à l'action...

– Wow ! s'esclaffa Jo, qui ne pouvait plus se contenir.

– Il m'a embrassée cet après-midi, continuai-je de lire à voix haute en tapant ma question suivante:

– Comment était-ce ?

– Un peu embarrassant au début, répondit laconiquement Èvie.

– Ensuite ?

– J'ai oublié où j'étais 😊.

– Avais-tu l'air d'une débutante ?

– Aucune idée. Il continuait de m'embrasser et je ne voulais pas qu'il s'arrête 😊.

Dit ainsi, ça donnait le goût d'essayer. Je sentais qu'Èvie venait de franchir une étape importante dans sa vie.

– Jo, mets-toi en ligne, lui conseillai-je.

– OK.

– Jo vient de se connecter, fis-je remarquer à Èvie. Est-ce que tu vas lui en parler ?

– Probablement, répondit-elle.

– Elle va sûrement être contente pour toi.

– Tu penses ? Nous sommes tellement différentes.

– Différentes mais reliées depuis l'enfance. Jo et toi, vous faites la plus belle paire d'amies que je connaisse.

– Tu as raison, mais tu sais quoi ? Il n'y a qu'avec toi que je peux parler aussi facilement 😊.

# L♥ve zone

– Je sais. Je t'embrasse, Èvie-chou.

– Moi aussi, Mich.

Je fermai l'application MSN, pensive.

– Elle m'écrit, dit Josiane.

– Je vous laisse. Elle a des choses à te dire.

– À plus, Mich.

Toute cette histoire me mettait dans un état, disons, d'extrême agitation. Une de mes meilleures amies avait franchi la frontière qui séparait l'enfance de l'adolescence. Et l'autre avait déjà fait plusieurs tentatives pour y arriver. Où me situais-je, au juste, par rapport à elles ? Qu'est-ce que j'attendais pour aller les rejoindre ?

Pour ça, il me fallait un *chum* ! Je devais donc procéder dans l'ordre. D'abord, je ferai du repérage. Ensuite, je choisirai un garçon en particulier. Enfin, je m'arrangerai pour qu'il me demande de sortir avec lui. Tout ce qu'il y a de plus simple…

J'entends d'ici les protestations de ma mère. Elle me ferait la morale à propos des féministes du siècle dernier, qui sursauteraient d'horreur si elles me voyaient faire. À cela, je répondrais que plus ça change, plus c'est pareil, même au XXIe siècle. Tout le monde s'entend pour dire qu'un gars restera toujours un gars, et qu'une fille restera toujours une fille. Si la fille demande au garçon de sortir avec elle, ça peut permettre d'économiser du temps et de l'énergie (surtout si le gars en question manque d'expérience), mais c'est loin d'être romantique !

## -3-
## Tout un cinéma

Mai 2008

J'adore aller au cinéma. C'est un loisir agréable et peu coûteux. Les mégacomplexes sont situés à proximité de centres commerciaux, parfaits pour magasiner ou flirter. Tous se côtoient, l'œil toujours fureteur, l'oreille aux aguets. Certaines salles semblent nous être exclusivement réservées. Le choix des films y est sans doute pour quelque chose. Connais-tu beaucoup d'adultes qui vont voir des films comme *Décadence*, *Film de peur* ou *Folies de graduation* ?

Tu ne seras donc pas surpris d'apprendre que c'est dans un cinéma que j'ai rencontré mon premier *chum*. Il travaillait au comptoir à bonbons. Ce n'est pas lui que j'ai remarqué, au début, mais plutôt son petit manège. À chacune de mes visites, il s'arrangeait toujours pour échanger sa place avec son collègue de travail de manière à venir prendre ma commande. Nous échangeâmes d'abord des sourires, puis des formules de politesse. Au bout d'un certain temps, il se décida :

– Que fais-tu après le film ? me demanda-t-il en s'accotant sur le comptoir.

– Heu… répondis-je, la bouche ouverte, aussi inexpressive qu'un poisson.

– Je finis tôt, expliqua-t-il. Nous pourrions aller au restaurant du coin, si ça te dit.

– Je ne suis pas seule.

– On pourrait y aller tous ensemble, suggéra-t-il. À moins que vous ayez d'autres plans.

– Je vais leur en parler…, commençai-je. (Je ne savais même pas son nom.) Je dois y aller, repris-je aussitôt.

– Bon film, Mich, me souhaita-t-il, un sourire en coin.

Comment avait-il appris mon prénom ? À moins que l'une de mes amies m'ait interpelée dans la foule pour je ne sais quelle raison… C'est sûrement ça. Quel âge pouvait-il avoir ? Il était plus vieux que moi, c'était certain. Il mesurait près d'un mètre quatre-vingts. Il avait les yeux et les cheveux bruns. Son t-shirt noir laissait paraître ses bras musclés. Il s'entraînait certainement dans un centre sportif. Ce qu'il pouvait m'impressionner !

– Merci !

J'allai vite retrouver Josiane et Marie-Ève dans la salle de cinéma. Les bandes-annonces défilaient sur le grand écran.

– Un gars vient juste de me demander de sortir avec lui, lâchai-je, tout de go.

– Qui ?! s'exclamèrent Jo et Èvie en même temps.

# L♥ve zone

Daniel se pencha vers nous pour mieux entendre.

– Vous savez, celui qui travaille ici.

– Il s'est enfin décidé, commenta Josiane.

– Raconte, me pressa Marie-Ève.

– En fait, il nous invite à aller manger un morceau après le cinéma. Ça vous tente ?

Marie-Ève tourna la tête vers Daniel, les yeux interrogateurs.

– Allons-y, approuva Dan. Pour une fois, je ne serai pas le seul gars de la *gang*.

Èvie se pencha pour embrasser son *chum*.

– Va lui dire oui ! Qu'est-ce que tu attends ? ajouta Josiane en me poussant hors de mon banc.

– Le film va commencer, murmurai-je.

Nos voisins de la rangée du bas avaient commencé à protester.

– S'il t'intéresse, ne le fais pas attendre trop longtemps. Il risque de partir, riposta Josiane.

Lorsque j'arrivai près du comptoir, il me tournait le dos. Il discutait avec un autre gars qui lui donna un rapide coup de coude dans les côtes en m'apercevant. Il se retourna brusquement.

Il s'approcha immédiatement, le sourire aux lèvres.

– C'est d'accord, dis-je.

– Super, je vous attendrai à l'entrée principale.

Deux heures plus tard, il se présenta aux autres sans éprouver aucune gêne. En chemin, j'appris qu'il s'appelait Lenny Gosselin, qu'il avait dix-sept ans, qu'il travaillait au cinéma depuis un an et qu'il m'avait remarquée depuis cinq mois déjà. En retour, je lui révélai mon âge et que Mich était le diminutif de Marie-Michelle. À la fin de la soirée, il avait obtenu mon adresse de courriel.

*** 

Une semaine plus tard, j'officialisai notre relation. J'avais enfin un *chum*. Pour notre première sortie, il me proposa d'aller dans une arcade.

Je dus mettre ma mère au courant. Elle digéra la nouvelle assez facilement. Bien entendu, elle me demanda l'adresse de l'endroit et l'heure à laquelle je rentrerais.

Je n'avais pas l'intention de passer TOUTE la soirée avec lui. Il n'y a rien de plus humiliant que de chercher des sujets de conversation parce qu'on ne connaît pas encore très bien l'autre. De toute manière, je voulais éviter les moments trop intimes. Je n'étais absolument pas prête pour les baisers et les câlins. Or, je m'inquiétais pour rien, Lenny ne chercha même pas à m'embrasser. Ce soir-là, il semblait se contenter de me prendre la main.

Nous sortions ensemble une fin de semaine sur deux. Il était parvenu à cette entente avec ses patrons. Il transférait alors sa disponibilité durant les soirs de semaine.

# L♥ve zone

Il étudiait au cégep Ahuntsic en sciences de la nature. Il voulait poursuivre à l'université, plus précisément à Polytechnique, en génie informatique, et il économisait depuis quelques années parce que sa mère n'avait pas les moyens de lui payer ses études. Son père était mort dans un accident de la route l'année précédente. Il n'aimait pas en parler.

Il savait donc déjà ce qu'il voulait faire dans la vie. C'était rassurant et déstabilisant à la fois. Pourquoi n'arrivais-je pas à me fixer sur mon avenir, alors que lui, il était à son affaire ?

Pour ma part, j'habitais avec mes parents un grand condo rue Saint-Hubert à Montréal. Souvent, Lenny venait passer ses soirées libres chez moi. Ma mère nous préparait un bon souper. Mon père essayait d'entretenir une conversation malgré tout entrecoupée de silences embarrassants. Par bonheur, mon frère n'était jamais là. Quand il ne dormait pas, il étudiait, il travaillait ou il sortait.

Nous passions les soirées dans ma chambre, la porte ouverte. Papa venait d'établir cette nouvelle règle. Apparemment, le fait que j'aie un *chum* changeait tout. J'avais le droit de fermer la porte quand mes amies venaient, mais pas lorsque j'étais avec Lenny. À moins, bien sûr, que Jo, Èvie ou même Dan soient également présents.

Pour me venger, je décidai d'adopter de nouvelles stratégies pour ébranler mon père. La première consistait à augmenter le volume de ma musique pour tester ses limites. Déçue, je constatai qu'il pouvait l'endurer sans rouspéter, pourvu que je respecte sa nouvelle règle d'or.

Je me rabattis alors sur ma mère. Je pensais qu'elle comprendrait que ma liberté était injustement brimée. Pas du tout ! Elle refusa d'intervenir. Pire, elle approuvait entièrement mon père. Depuis quand le faisait-elle passer avant moi ?

En désespoir de cause, j'essayai de les coincer en leur demandant séparément de m'expliquer pourquoi ils étaient aussi vieux jeu, pensant ainsi les faire réagir en ma faveur.

– C'est pour ton bien, répondit platement mon père, sans autre forme de justification.

Ma mère, pour sa part, argumenta ainsi :

– Tu es jeune et sans expérience. C'est tout nouveau pour toi d'avoir un copain, et pour nous aussi. L'esprit et le corps d'un garçon fonctionnent de manière différente de ceux des filles. Donne-toi la chance de le découvrir en douceur et en toute sécurité.

Étais-je censée comprendre quelque chose là-dedans ?

Après quelques semaines de fréquentation, Lenny me présenta sa mère. Ils habitaient un minuscule appartement près du parc Jarry. L'unique pièce fermée du logement était la chambre de Nicole. Lenny couchait sur un sofa-lit dans le salon, où se trouvait également une cuisinette. Comment faisaient-ils pour vivre dans un tel réduit ? Pas étonnant que Lenny préférait venir chez moi !

Lorsque mes parents connurent mieux Lenny, ils commencèrent à sortir occasionnellement. D'un simple repas au resto, ils passèrent à une soirée au théâtre. C'est durant une de leurs absences que je reçus mon premier baiser.

# L♥ve zone

Nous regardions un film de science-fiction. J'avais choisi *La Matrice*, un film d'action pur et dur que les gars apprécient. Un film où la romance n'était cependant pas exclue si on se concentrait sur les personnages de Néo et de Trinity. D'ailleurs, le long baiser de la fin ne laissait aucun doute quant à leurs sentiments. Était-ce le coup de pouce dont nous avions besoin ?

Je m'étais collée contre Lenny durant le film. Il avait mis son bras autour de mes épaules. Je me sentais bien.

À un moment, je relevai la tête pour savoir s'il appréciait le film. Il se trompa sur mes intentions et embrassa légèrement mes lèvres.

Nous nous observâmes avec curiosité. J'eus soudain le goût qu'il recommence. Il le comprit, car il s'empara de ma bouche, s'y attardant cette fois d'une délicieuse façon.

Je ne savais pas que les lèvres d'un garçon pouvaient être aussi douces, aussi caressantes. J'aimais la façon dont il prenait possession de ma lèvre supérieure, pour ensuite passer à ma lèvre inférieure. Son souffle me troublait. Il le sentit. C'est ce qui le décida.

D'abord surprise, puis un peu incommodée, je me figeai au contact de sa langue. S'apercevant de ma réaction, il la retira de ma bouche.

Il était si attentif et si doux en me serrant dans ses bras, que j'ai commencé à me détendre à nouveau.

Le choc serait peut-être moins grand si c'était moi qui prenais l'initiative ? Je m'enhardis à taquiner ses lèvres du bout de ma langue. Il répondit. Ma seconde impression fut meilleure que la première.

Le bruit d'une clé dans la serrure me ramena brusquement sur terre. Mon frère jeta un coup d'œil indifférent au salon en passant, puis revint brusquement sur ses pas.

– Qui c'est ? aboya-t-il.

– Éric, je te présente Lenny, mon *chum*, répondis-je poliment. Lenny, tu connais maintenant toute la famille. Éric est mon frère.

– Salut, dit Lenny d'une voix réservée.

– Sa... lut, bafouilla frérot avant d'enchaîner effrontément. Où sont m'man et p'pa ?

– Sortis.

– Ils sont au courant ?

– De quoi ? demandai-je ironiquement.

– Laisse tomber, grommela-t-il en se dirigeant vers sa chambre.

Il ferma sa porte d'un coup sec. Cela ne prit que deux secondes avant qu'il ne la rouvre et la laisse entrebâillée.

Comment papa avait-il transmis sa nouvelle règle à fiston sans le mettre au courant de l'existence de Lenny ? De plus, j'étais dans le salon, pas dans ma chambre, que je sache ! Qu'avaient attrapé les mâles de cette maison ? On aurait dit une maladie transmise génétiquement !

# L♥ve zone

La nuit venue, je me rejouai au ralenti la scène du baiser. J'ajoutai mentalement quelques variantes pour alimenter mon imagination, qui allait déjà bon train. Des frissons parcouraient mon corps en transe. J'étais exaltée, incapable de dormir.

Juste avant de partir, Lenny m'avait prise dans ses bras. Ma tête était allée se blottir au creux de son épaule. Sa bouche avait murmuré à mon oreille :

– Tu es tellement belle...

Venant de quelqu'un d'autre qu'un membre de ma famille, le compliment sonnait plus vrai à mon cœur.

# -4-
## L'envers de la médaille

Juin 2008

Mes amies (surtout Josiane) commencèrent à se plaindre qu'elles ne me voyaient plus autant qu'avant en dehors de l'école. C'est vrai que j'avais refusé plus d'une fois de sortir avec elles, même les fins de semaine où Lenny travaillait. Je préférais être là quand il se brancherait sur MSN à son retour. Il était tellement content de me voir l'attendre que ça me satisfaisait... Cela n'a duré qu'un certain temps.

L'attrait de la nouveauté fit place à l'ennui. Pourquoi resterais-je enfermée des heures durant, alors que Marie-Ève et Josiane sortaient presque tous leurs jours de congé ? Je pouvais bien me permettre de sauter un de nos rendez-vous sur MSN si je voulais m'amuser une fois de temps en temps, non ?

Or, j'allais l'apprendre à mes dépens, Lenny détestait que je m'amuse sans lui. Le lendemain d'une sortie avec Josiane, il n'y alla pas par quatre chemins.

– Où étais-tu, hier soir ? me demanda-t-il sur un ton accusateur au téléphone.

– Je suis allée magasiner avec Jo.

– Les magasins fermaient à 18 heures.

– Je sais, répondis-je, sur la défensive.

– Tu n'étais pas là à 22 heures, s'insurgea-t-il, en insistant sur l'heure en question.

– Nous sommes allées manger une petite bouchée dans un café de la rue Saint-Denis. J'ai décidé ensuite d'aller coucher chez Jo.

– Tu aurais dû me le dire, je ne t'aurais pas attendue pour rien.

– Désolée, m'excusai-je, acceptant de lui accorder cette faveur. Vu qu'on s'était parlé avant ton départ, j'ai pensé qu'on était capable d'attendre le lendemain pour jaser.

Lenny me demanda de pardonner sa brusquerie. Le ton de la conversation s'adoucit et tout redevint normal... jusqu'à la fois suivante.

Je sentais que la tension montait entre nous, et je croyais qu'elle était due à notre différence d'âge et surtout à nos divergences de goûts. J'allais comprendre très vite qu'il n'y avait pas que ça...

***

Bon, maintenant que je suis en couple, je pense que c'est le moment opportun d'aborder un sujet délicat : le sexe. Oui, oui ! Tu as bien lu !

# L♥ve zone

C'est connu, les adultes (surtout les parents) pensent qu'à notre âge, on est trop jeune pour avoir des relations sexuelles. Pourtant, ils devraient être les premiers à admettre qu'ils ont dû commencer un jour, non ? Techniquement, ils savent nous informer sur les mécanismes du corps humain, mais ils sont nuls pour nous renseigner sur le pourquoi et le comment des relations amoureuses entre gars et filles. Ils sont aussi passés maîtres dans l'art d'être vagues. Et que dire des restrictions, sinon qu'ils excellent dans ce domaine ! Bref, on ne peut pas parler de ça avec eux.

Avec qui, alors ? Les amis, les copains d'école, les connaissances, me diras-tu… J'en connais beaucoup qui exagèrent leurs exploits quand la *gang* n'est pas loin. Accorderais-tu de la crédibilité au gars le plus populaire de l'école qui se vante de fréquenter deux filles en même temps ? De toute façon, c'est angoissant d'écouter tout ce beau monde parler à tort et à travers.

Je sais, tu penses que je devrais discuter de ces choses avec ceux en qui j'ai pleinement confiance. Et je suis d'accord avec toi. Quel est le problème, alors ? Je ne sais pas comment m'y prendre pour avouer à Marie-Ève ou à Josiane que j'ai le goût d'embrasser Lenny, mais pas tout le temps ; que je me sens bien quand il me serre dans ses bras, mais pas du tout lorsque son sexe devient dur ; que j'aime ses caresses, mais pas celles au-dessous de la ceinture ?

Dans le fond, je crois que je suis trop pudique…

Il est hors de question que je parle à Josiane. Elle aime un nouveau gars tous les trois mois. Selon moi, elle est trop volage pour comprendre. Quant à Marie-Ève, elle reste très discrète sur sa propre relation intime avec son *chum*. Comment pourrais-je lui parler de la mienne ouvertement, alors ?

Je me suis donc retrouvée seule face à des sensations qui ne sont pas toujours agréables...

***

Samedi soir dernier, Lenny et moi, nous nous embrassions dans ma chambre, la porte entrouverte au cas où un membre de ma famille viendrait à entrer subitement. Une précaution un peu inutile puisque nous avions le condo pour nous seuls. Nous étions assis sur le bord de mon lit, étroitement enlacés. Soudain, j'ai senti le poids de Lenny nous faire basculer en arrière. Il m'embrassait avec plus d'insistance que d'habitude. Tous les sens en alerte, le corps tendu vers lui, je lui rendais ses baisers.

Ses mains commencèrent à bouger, passant de mon dos à mes épaules. Je ne les perdais pas de vue mentalement.

Je me surpris à espérer qu'elles descendent sur ma poitrine. Cette simple pensée provoqua en moi un désir d'abord confus, qui gagna en intensité lorsque les mains de Lenny glissèrent sur mes bras. Toutefois, il gâcha tout en les posant sur mes fesses.

– Arrête ! m'écriai-je en le repoussant.

– J'ai envie de toi, grogna Lenny en se tournant sur le dos, les yeux au plafond.

– Tu vas trop vite ! m'indignai-je.

Il se rassit et se prit la tête dans les mains.

– Tu avais l'air prête, pourtant, grommela-t-il.

Je m'écartai instantanément de lui.

– Excuse-moi, ajouta-t-il précipitamment. C'est sorti tout seul.

Un long silence s'ensuivit.

– J'ai quelque chose à te demander.

Il hocha la tête en signe d'assentiment.

– As-tu... déjà fait l'amour ? bredouillai-je, nerveusement.

– Oui.

– Ah !?

Je l'avais deviné, mais je n'encaissai pas moins le choc.

– Combien de blondes as-tu eues avant moi ? dis-je, les lèvres pincées.

– Deux. J'ai sorti quelques semaines avec la première, mais plus d'un an avec la deuxième.

– La dernière, comment s'appelait-elle ?

– Mélanie. Nous avons cassé il y a plus de six mois.

Il m'observa quelques instants et me dit :

– Je sais ce que tu penses…

– Alors, dis-le-moi ! le défiai-je du regard.

– Je n'accorde pas autant d'importance que toi au fait que tu sois encore vierge.

Était-ce écrit sur mon visage ?

– Peut-être, mais ça fait toute la différence entre nous.

– Pourquoi ?

– Parce que tu veux quelque chose que je ne suis pas prête à te donner…

– … pour l'instant, ajouta Lenny, laissant suggérer qu'un jour je le serais.

Je marchais dans la chambre dans un va-et-vient continu. Il me prit les mains pour m'arrêter, en me regardant dans les yeux.

– Je t'aime… Assez pour t'attendre… Comprends-moi, c'est difficile pour un gars d'être sage devant un corps de déesse comme le tien, mais… je te promets d'être patient.

– Quand je te dirai non…

– … j'arrêterai.

– Sans te fâcher ?

– Promis, quoi qu'en dise mon corps frustré ! répliqua-t-il en haussant les épaules en guise d'excuse.

– Et si j'ai envie de t'embrasser sans que tu me touches..., commençai-je, avant de m'interrompre, soudain embarrassée.

– Je te toucherai là où tu voudras que je te touche, voilà tout, me rassura-t-il.

IL AVAIT DIT QU'IL M'AIMAIT ! C'était la première fois qu'un gars (en excluant mon père, bien sûr) me disait ces mots-là.

Que dire du reste ? C'est assez rare qu'on entend parler de gars, bourrés d'hormones masculines, qui veulent pratiquer volontairement l'abstinence ! Non seulement Lenny me le proposait, mais il m'offrait aussi d'y aller à mon rythme. Autrement dit, ce serait à moi de prendre l'initiative.

Le problème du sexe avait donc été réglé sans l'aide de personne ; mais côté « sentiments », il faut que je sois honnête.

Je mentirais si j'affirmais que je n'étais pas flattée par la déclaration d'amour de Lenny. Qui ne l'aurait pas été, à ma place ? Afin que ce soit clair dans l'esprit de tous, j'avoue que je réagissais assez bien à son charme. De là à dire que je l'aimais ? Je ne savais pas trop… Peut-être que je l'aimais et que je ne le savais pas encore ? Comment faire pour y voir clair ?

J'avais des doutes et je pense que c'est ce qui nous ramena au problème de la jalousie : Lenny aimait endosser le rôle de l'inspecteur qui enquêtait sur mes faits et gestes. C'était l'enfer !

Et si je lui disais ce qu'il voulait entendre, me laisserait-il souffler un peu ? Il y a plein de filles que je connais qui disent *je t'aime* à leur *chum* dès la première semaine. Un mois plus tard, elles recommencent avec un autre. Je ne veux pas de ça !

Qu'est-ce que je veux, alors ? Je veux ressentir ce que Bella ressent pour Edward dans *Twilight*... Est-ce trop demander ? Oui, je sais, c'est trop beau pour être vrai, mais je ne peux pas m'empêcher d'en rêver.

Et toi, cher lecteur, as-tu déjà connu quelqu'un d'aussi mêlé que moi en amour ? Si oui, dis-le-moi tout de suite, ça me soulagerait.

# -5-

## Un baiser improvisé

Août 2008

J'avais connu P.-O. par l'intermédiaire de Stéphanie Boucher, une fille vraiment géniale. Nous suivions toutes les deux des cours de tennis. Elle m'avait fourni l'occasion de connaître ses amis d'enfance lors d'une conversation conférence sur MSN. Le courant avait bien passé avec un certain Pierre-Olivier Delorme. Il était drôle. Il disait tout ce qui lui passait par la tête. Dans les semaines suivantes, nous avions souvent parlé ensemble.

Je l'imaginais solide, pas très grand (un peu plus que moi, tout de même), un air accommodant, avec quelques boutons sur le visage (mais pas trop !), bref, tout ce qu'il y a de plus rassurant. Je ne l'avais jamais vu. Nous n'avions ni l'un ni l'autre de *webcam* à l'époque – tu sais, ces petites caméras qu'on fixe à l'écran d'ordinateur pour voir la tête de ceux avec qui on discute ? Quand Stéphanie m'invita à son anniversaire, j'hésitai. Premièrement, je n'avais pas d'argent pour lui acheter un cadeau. Et deuxièmement, Lenny ne pouvait pas m'accompagner parce qu'il travaillait ce soir-là.

L'idée que j'y aille seule ne lui plaisait vraiment pas. Toute cette possessivité commençait à me taper sur les nerfs ! Lenny voulait toujours savoir avec qui j'étais, avec qui je *tchattais*, où j'allais et qui je voyais en dehors de lui. Il était pire que ma mère ! Une fois de plus, nous nous sommes disputés à ce propos. Sur un coup de tête, je pris la décision d'aller à la fête même si je n'en avais pas vraiment envie. C'est là que je vis Pierre-Olivier pour la première fois.

La fête se déroulait au sous-sol. Les parents de Steph étaient confinés à l'étage. Il y avait tout ce dont on pouvait rêver pour avoir du plaisir : un cinéma maison, des jeux vidéo, un ordinateur et une table de billard.

Le *party* était déjà commencé quand je suis arrivée. Il y avait une vingtaine de jeunes éparpillés dans la pièce. La musique jouait à fond.

Stéphanie vint à ma rencontre.

– Tu t'es finalement décidée. J'en connais un qui va être content.

– Ah oui ? m'exclamai-je, surprise.

– Suis-moi.

Stéphanie m'entraîna dans le fond de la pièce. Je saluai ceux que je connaissais ; elle me présenta aux autres tout en se dirigeant vers le billard. Un gars jouait tandis que l'autre regardait dans notre direction.

– Pierre-Olivier, je te présente Marie-Michelle, déclara Stéphanie avec un sourire satisfait.

Mon cœur fit un bond de travers. Wow ! Un beau blond aux yeux gris, un peu plus petit que Lenny.

# L♥ve zone

– Salut, P.-O. ! lâchai-je.

– Salut, Mich ! répondit-il du tac au tac.

– Je vous laisse, tous les deux. Vous avez sûrement beaucoup de choses à vous dire, dit Stéphanie avec un clin d'œil avant de s'éloigner.

– Ton tour, P.-O., intervint l'autre joueur pour le rappeler à l'ordre.

– Lui, il s'appelle Jérémie, enchaîna Pierre-Olivier sans détourner son regard de moi.

– Jay pour les intimes, ajouta ce dernier. On la finit, cette partie ?

– Euh…

– Ne t'avise pas de me laisser tomber alors que je viens juste de faire un bon coup, protesta Jérémie.

– Finis ta partie, P.-O. ! l'encourageai-je.

– Tu es mieux de suivre son conseil, l'avertit Jérémie, mi-sérieux.

– Tu veux ta revanche… Tu l'auras voulu, rétorqua laconiquement Pierre-Olivier.

Il retourna presque à regret à la table de jeu pour examiner la disposition de ses boules. Il appuya la queue de bois sur sa main. Avant de pousser la boule blanche, il me lança un bref regard comme pour s'assurer de ma présence. Les boules s'entrechoquèrent bruyamment.

– Salaud ! s'exclama son copain, déçu de voir une des boules de l'adversaire rentrer directement dans un trou.

Jérémie n'avait pas dit son dernier mot pour autant. D'ailleurs, il se défendait plutôt bien. La partie fut serrée. À la fin, Pierre-Olivier menait le jeu de justesse. S'il rentrait la noire, il gagnait la partie. Il voulait évidemment m'en mettre plein la vue. Sincèrement, je souhaitais qu'il gagne, mais je ne sais pour quelle raison, j'ai tout de même quitté mon poste d'observation.

Pendant que P.-O. prenait position, je me dirigeai nonchalamment vers un groupe d'amis qui jouait à *Dance Dance Revolution*, non sans jeter de rapides coups d'œil derrière moi. Je remarquai avec une certaine satisfaction que mon départ avait déstabilisé Pierre-Olivier au point qu'il manqua la boule noire. Jérémie ne laissa pas passer sa chance et prit enfin sa revanche tant méritée.

Mine de rien, je fis semblant de m'intéresser aux deux filles qui s'activaient sur les tapis de danse du jeu vidéo. Presque aussitôt, je sentis une présence dans mon dos. Je n'avais pas besoin de me retourner pour savoir qui c'était. Pierre-Olivier me surprit tout de même en se penchant vers moi pour me murmurer à l'oreille :

– Tu n'es pas telle que je t'imaginais.

– Déçu ?

– Au contraire !

# L♥ve zone

Je me forçais à rester immobile, mes yeux fixant sans le voir l'écran de télévision.

– Et toi ? reprit-il, obligé de poursuivre lui-même la conversation vu mon manque d'empressement.

– Moi ? dis-je innocemment, décidée à ne pas lui rendre les choses faciles.

– Tu m'imaginais comment ?

– Pas laid du tout ! ripostai-je, comme si cela allait de soi.

Je venais de lui clouer le bec. Peut-être pensait-il que j'étais déçue, après tout ? Il préféra changer de sujet.

– Et puis, as-tu vu, comme prévu, le dernier *Harry Potter* ?

– Oui, répondis-je en me retournant. J'ai adoré.

– Je t'avais dit que tu aimerais ça.

Nous reprenions spontanément là où nous avions laissé notre dernière conversation sur MSN. Tout redevenait comme avant. Il me coupait la parole. Je le relançais. Il en rajoutait. L'effet de surprise de notre première rencontre était bel et bien passé.

À partir de cet instant, Pierre-Olivier ne me quitta plus d'une semelle. Lorsque vint mon tour de jouer à *Dance Dance*, il s'arrangea pour jouer contre moi. Évidemment, il perdit la partie, le sourire aux lèvres. Il semblait avoir perdu tout esprit de compétition. De toute façon, j'étais imbattable sur le tapis de danse.

Les pizzas arrivèrent et tout le monde s'attabla bruyamment. La musique résonnait dans nos oreilles. Le ton monta. Nous avions beaucoup de plaisir. Toutefois, plus la soirée avançait, plus la salle se vidait. À la fin, nous n'étions plus que sept pour rester à dormir : trois garçons et quatre filles.

Ma mère ne m'aurait jamais donné la permission de dormir chez Stéphanie si elle avait su que celle-ci avait aussi invité des garçons à coucher. Je n'allais certainement pas l'appeler pour l'informer que Pierre-Olivier, son frère Marc et son ami Jérémie ne prendraient l'autobus que le lendemain parce qu'ils habitaient Saint-Jérôme… J'imaginais déjà la crise…

Les parents de Stéphanie se sont retirés à minuit en nous recommandant de ne pas faire trop de bruit. Stéphanie nous fit choisir parmi une panoplie de films d'action. *Mission impossible 3* fut retenu à l'unanimité. Au début du film, nous étions sages. Puis, les commentaires commencèrent à fuser. De fil en aiguille, délaissant complètement Tom Cruise, nous nous mîmes à jouer au jeu « vérité ou conséquence ».

Stéphanie jeta dans une casquette tous les noms des participants. Comme elle était la fêtée, elle avait le droit de commencer. Devinez quel nom elle pigea en premier ? Le mien, bien sûr ! J'optai pour la vérité.

– Prends-tu la pilule ? demanda-t-elle malicieusement.

– Tu exagères, contestai-je.

– Réponds ! s'écrièrent à l'unisson Annie et Véronique, les deux meilleures amies de Stéphanie.

# L♥ve zone

– Allez ! ajouta Marc.

– Tu as accepté de jouer, renchérit Jérémie.

Pierre-Olivier s'abstint de tout commentaire. Je lui fus reconnaissante pour son appui silencieux. Ils savaient tous que je sortais avec Lenny depuis quatre mois.

– Bon, si c'est comme ça, commençai-je. La réponse est...

Véronique se tortillait sur son banc. Annie ricanait nerveusement. Les autres retenaient leur souffle.

– ... Non, je ne prends pas la pilule. Ce qui veut dire que je n'ai pas encore fait l'amour. Parce que c'est ce que vous crevez tous d'envie de savoir, n'est-ce pas ? bravai-je.

Stéphanie pouffa de rire. Jérémie et Marc se tapèrent dans les mains, tandis que les filles rigolaient de plus belle. Je risquai un œil vers Pierre-Olivier qui regardait par terre.

– Pige dans la casquette, Mich, enchaîna Stéphanie.

Je tirai le nom de Marc.

– Conséquence, décida rapidement ce dernier.

– Tu devras lever Steph dans tes bras et faire trois fois le tour de la pièce avant de la reposer, décidai-je en sachant très bien que ma copine en pinçait pour lui.

Marc retroussa les manches de son t-shirt afin de bien montrer la grosseur de ses biceps. Stéphanie rougit de plaisir quand il la souleva de terre sans trop de mal. Annie et Véro poussèrent de petits gloussements d'excitation.

Quand il revint à la « case départ », il tournoya sur place avant de déposer son fardeau. Stéphanie était étourdie, mais aux anges.

Marc sortit de la casquette le nom de Pierre-Olivier.

– J'y vais pour la conséquence ! dit P.-O. après un moment de réflexion.

– Tu dois embrasser..., commença Marc avant de s'interrompre au milieu de sa phrase en voyant le regard meurtrier que lui lança son frère.

– ... une des demoiselles ici présentes, poursuivit-il en ayant l'air de se raviser.

– Sur la bouche ! rajouta-t-il précipitamment.

Tous les regards féminins convergèrent vers P.-O., attendant qu'il fasse son choix.

– Je choisis Mich, finit-il par dire.

Stéphanie poussa un soupir de soulagement, alors qu'Annie avait l'air déçue. Les autres restèrent silencieux. Mon cœur se mit à battre de façon désordonnée. Pourquoi me prêtais-je à des jeux aussi stupides et gênants ?

J'attendis que Pierre-Olivier s'approche. Comme il n'en faisait rien et que la tension montait, je me levai, décidée à en finir une fois pour toutes. Puisque P.-O. semblait s'être transformé en statue, je parcourus la distance qui nous séparait.

Je me penchai vers lui pour lui offrir mes lèvres, qu'il prit délicatement. Malgré moi, je fermai les yeux pour mieux sentir la caresse du baiser. Quelle ne fut pas ma surprise lorsque je sentis le bout de sa langue m'effleurer ! Mon corps réagit comme sous l'effet d'une décharge électrique. J'entrouvris presque instinctivement mes lèvres, laissant ainsi le champ libre à P.-O. qui en profita.

L'expérience s'avéra troublante et différente de ce que j'avais connu jusque-là. J'appris qu'un baiser, un vrai, n'était pas forcément prémédité. Deux bouches qui se touchent peuvent, si elles le veulent, s'explorer d'un commun accord, comme animées chacune de sa propre volonté. Difficile de résister à cet énorme pouvoir d'attraction. Tout s'effaça autour de moi, hormis la bouche de Pierre-Olivier qui insistait pour connaître les mystères enfouis au plus profond de mon être.

Je fus bientôt ramenée sur terre par un bruit familier. Les garçons ne pouvaient s'empêcher de siffler d'admiration comme tout bon auditoire qui apprécie une scène bien jouée.

Soudain consciente de ce que je faisais, je me relevai d'un coup sec, en me mordant les lèvres de culpabilité.

À coups de grandes claques dans le dos, les gars vinrent féliciter P.-O., créant ainsi une diversion qui nous permit à tous deux de reprendre notre souffle et nos esprits.

Lorsque le jeu se termina, des matelas gonflables furent distribués dans un désordre que je qualifierais d'organisé :

les gars étaient d'un bord et les filles de l'autre, comme à la petite école. Tant mieux ! Pas sûre que j'aurais supporté la promiscuité masculine sans cette ligne de démarcation.

Je n'étais pas fière de moi. Qu'est-ce qui m'avait pris d'embrasser P.-O. de cette façon ? Étais-je coupable d'infidélité envers Lenny ? Qu'allaient penser les autres de mon comportement ? P.-O., surtout ! Pensait-il que j'étais une fille facile, pire, une allumeuse ?

J'avais tellement honte que je serais partie sur-le-champ si j'avais pu. Au lieu de cela, je gardai la tête haute, afin de faire croire aux autres que je ne m'étais pas prise au jeu. Je n'étais pas la seule, semblait-il, à jeter de la poudre aux yeux. Pierre-Olivier fanfaronnait un peu trop à mon goût depuis l'épisode du baiser. Mais ses piques visaient tout le monde sauf moi… Curieux que personne n'ait remarqué ce détail !

Quand la lumière fut éteinte et que les murmures cessèrent, je fermai les yeux. J'avais tourné volontairement le dos aux gars, afin de ne pas gaspiller mes chances de trouver le sommeil. Peine perdue ! J'entendais le moindre bruit. N'était-ce pas un léger ronflement qui émanait du côté des garçons ? Au bout de ce qui me sembla une éternité, je sentis que mon corps commençait à se détendre. J'ai dû m'endormir à ce moment-là.

Lorsque j'ouvris les yeux, l'avant-midi était largement entamé. J'entendais des bruits de pas au rez-de-chaussée. Une délicieuse odeur de pain grillé venait taquiner mes narines. Je regardai autour de moi. Je ne vis pas Stéphanie. Annie et Véronique murmuraient dans un coin. Marc brassait sans ménagement Jérémie qui dormait encore. P.-O. bâillait en se frottant les yeux.

# L♥ve zone

Je me levai pour aller directement à la salle de bains sans adresser la parole à quiconque. Je jetai un coup d'œil dans le miroir. La vision cauchemardesque de mes cheveux en bataille me fit paniquer. J'essayai en vain de les brosser. Rebelles, ils refusaient de se placer correctement. Ils faisaient des vagues disgracieuses. Je finis par les asperger d'eau pour en venir à bout.

— Tu en as encore pour longtemps ? demanda Véro de l'autre côté de la porte.

— Deux minutes, répondis-je.

Je n'allais tout de même pas sortir de là sans me brosser les dents !

— Pas trop tôt, commenta mon amie avec impatience lorsque je sortis des toilettes.

Je haussai les épaules en guise d'excuse en me dirigeant vers mon matelas. Je roulai rapidement mon sac de couchage et j'essayai sans succès de le faire rentrer dans son enveloppe.

— Tu as besoin d'aide ? demanda P.-O. dans mon dos.

— Non, ça va, répondis-je, tout en sachant que je m'y prenais mal.

— Tu l'as plié trop large, précisa-t-il

Je commençais à m'énerver.

— Laisse-moi faire, insista-t-il.

Avant de sacrer à voix haute, j'acquiesçai d'un signe de tête. Il déroula complètement mon sac de couchage. Il rabattit minutieusement les deux pans de tissu l'un sur l'autre et commença à rouler le tout de façon serrée.

– Est-ce que ton *chum* et toi... vous vous entendez bien ? demanda-t-il sur un ton faussement anodin.

– Pourquoi veux-tu savoir ça ?

– Simple curiosité.

Pierre-Olivier prit le petit rouleau compact et le glissa aisément dans son étui. Il se releva en me tendant le paquet.

– Merci.

– De rien.

Il tourna brusquement les talons. Il n'avait pas fait deux pas que je l'apostrophais :

– P.-O. ?

– Oui ?

– Pourquoi m'as-tu choisie ?

Il se retourna lentement vers moi.

– Pourquoi pas ?

– Tu ne réponds pas, là !

– Je te ferai remarquer que toi non plus, tu ne m'as pas répondu.

Un sourire flotta une seconde sur mes lèvres, le temps que je comprenne sa stratégie. Quoi de mieux que de répondre à une question embarrassante par une autre !

– Tu marques un point.

– Donnant, donnant ? proposa-t-il.

– D'accord. Tu voulais savoir si tout va pour le mieux entre mon *chum* et moi, c'est ça ?

Il hocha la tête.

– Pour dire vrai, je ne sais plus où j'en suis avec lui, lançai-je. Il y a des fois où il me tape sur les nerfs, tu comprends ?

– Je vois.

– Maintenant, c'est ton tour.

– Depuis le temps que j'en rêvais, avoua-t-il. J'ai trouvé l'occasion trop belle.

Je fronçai les sourcils.

– C'est fou, l'effet que tu me fais, dit-il, voyant que je ne comprenais pas.

– Mais..., m'étonnai-je, on ne se connaissait pas vraiment avant hier.

– C'était tout comme, se défendit-il. Ta façon de me chercher, de me taquiner ou de me défier, n'a pas changé. Sauf que, cette fois, je t'ai devant moi en prime.

Il attendit une réaction de ma part, qui ne vint pas, avant de poursuivre :

– J'ai une dernière question. Je te jure qu'après je te laisse tranquille... Est-ce que j'aurais une petite chance de sortir avec toi si un jour tu te décides à laisser ton *chum* ?

Je regardai nerveusement autour de moi. Tous semblaient occupés à faire quelque chose.

– Je ne sais pas quoi te dire…, commençai-je.

– Alors, ne dis rien, s'empressa-t-il de me conseiller. Oublie ce que…

Je le fis taire en mettant mon index sur ses lèvres.

– Laisse-moi finir, murmurai-je en retirant précipitamment mon doigt. Il n'y a pas si longtemps encore, je pensais que nous n'étions que de simples amis.

J'inspirai un bon coup pour me donner du courage.

– Aujourd'hui, c'est différent. Surtout depuis ce baiser. Et...

– Et ?

– Pendant un moment, je me suis rendu compte qu'on ne jouait plus, toi et moi, me décidai-je à lui avouer. Je... je ne suis pas insensible, P.-O., mais... je sors avec Lenny.

# L♥ve zone

– D'accord, reconnut-il d'une voix légèrement rauque. J'aimerais tout de même rester en contact sur Internet.

– Je ne sais pas si c'est raisonnable...

– S'il te plaît, je te promets que je vais bien me tenir.

– Amis, alors ?

– Amis, accepta-t-il, le plus sérieusement du monde.

# -6-
## M'as-tu-vu

Octobre 2008

Je me branchais sur Internet tous les jours dès que j'arrivais de l'école. Lorsque j'avais trop de travaux scolaires, j'affichais un statut « hors ligne », « absent » ou encore « occupé » pour ne pas me faire accrocher par tout le monde. En filtrant ainsi mes contacts, j'évitais de perdre du temps dans les moments où je n'en avais pas. Lorsque j'avais besoin d'une pause, je consultais ma liste de contacts. Si je voulais parler à quelqu'un ou si je désirais qu'une personne en particulier arrive à me joindre, je changeais de statut afin que mon icône en forme de bonhomme passe au vert. Cela laissait le champ libre pour entamer une conversation instantanée.

Pierre-Olivier arrivait en tête dans ma liste de contacts intitulée « Les Gars ». Après Josiane et Marie-Ève, il était celui avec qui j'aimais le plus *tchatter*. Il avait tenu parole. Il avait continué de m'écrire sur MSN. D'un commun accord, nous évitions les sujets délicats. Nous parlions de tout sauf de notre baiser ou de mon *chum*. Lenny m'avait fait toute une scène parce que j'avais couché chez Steph sans l'avertir, alors j'avais décidé de ne pas le mettre au courant pour P.-O. Comme il ne connaissait personnellement aucun de ceux qui étaient au *party*, je me suis dit qu'il était impossible qu'il ait vent de ce qui s'était passé ce soir-là !

P.-O. me contactait régulièrement. Je prenais toujours soin de lui répondre, même si j'étais occupée. Certains jours, nous pouvions échanger nos pensées pendant plus d'une heure d'affilée.

Pour mon seizième anniversaire, mon parrain m'avait offert une *webcam*. Ma mère en fit tout un plat, reprochant cet achat à son frère. Elle me mit en garde contre l'utilisation sans discernement de ces gadgets qui servent de passe-partout aux personnes malintentionnées. Une chambre était selon elle un lieu d'intimité dont l'accès devait être limité.

Je n'allais tout de même pas installer mon bureau de travail au milieu de la salle familiale ! De toute façon, plusieurs de mes amies, dont Josiane, en avaient déjà une.

Cet argument vint à bout de ses réticences. Ma mère accepta que je m'en serve, sous certaines conditions : je devais être en tout temps présentable, exiger la même chose de mon interlocuteur et refuser l'accès aux étrangers.

Comme j'avais hâte d'essayer mon cadeau, j'acceptai en bloc toutes ses consignes.

Je m'empressai de brancher la caméra, excitée à l'idée que, maintenant, je pouvais être vue à mon tour.

Qui aurait l'honneur ce soir-là de me voir pour la première fois en direct ? Lenny travaillait. Je réfléchissais en fouillant ma liste de contacts lorsqu'un son familier résonna dans mes oreilles. Quelqu'un m'écrivait. Le hasard avait décidé pour moi.

# L♥ve zone

Une petite fenêtre s'ouvrit. Je lus :

– Salut, Mich 😊.

– Salut, P.-O. Ça va ?

– Oui, toi ?

– Devine quoi ? 😃 coupai-je, excitée.

– Tu fais la grève des devoirs, lança-t-il.

– Aujourd'hui n'est pas un jour comme les autres.

– Ah non ?

– On est le 30 octobre 😊, précisai-je en m'amusant follement.

– L'Halloween, c'est demain.

– Je sais.

– Là, tu m'intrigues, écrivit Pierre-Olivier.

Après une pause, il enchaîna :

– C'est ta fête ?

– Eh oui, avouai-je finalement en déclenchant une conversation vidéo.

Le message suivant apparut :

> *Vous avez invité C-3PO--cool guy--Quand tu veux... à démarrer la webcam. Veuillez attendre sa réponse ou Annuler (Alt Q) l'invitation.*

Il accepta immédiatement, car je vis mon image apparaître dans le petit rectangle au bas de l'écran de conversation, à droite.

> – Wow ! s'exclama-t-il. Tu me fais un cadeau !

> – Arrête donc ! répliquai-je. Je l'ai eue de mon parrain.

Une question automatisée de MSN se glissa entre deux lignes de notre conversation.

> *C-3PO--cool guy--Quand tu veux...—vous invite à démarrer la webcam. Voulez-vous Accepter (Alt +C) ou Refuser (Alt +D) ?*

– Ce n'est pas vrai ! m'écriai-je de vive voix en répondant par l'affirmative à l'invitation.

> – Petit cachottier, tapai-je en voyant apparaître l'image de P.-O. en haut de l'écran de conversation.

> – Bonne fête, Mich 😊.

Il m'envoya un baiser soufflé.

> – Tu as ta webcam depuis quand ?

> – Depuis plus d'un mois.

> – Un mois ! Mais l'icône n'apparaît pas sous ton image ?

# L♥ve zone

Il regardait son écran et son clavier pendant qu'il écrivait. C'était comme si je l'observais à son insu. Pourtant, je savais qu'il savait que je le regardais, et vice versa. Un frisson d'excitation me parcourut.

— J'ai fait en sorte qu'elle n'apparaisse pas, écrivit-il.

— Pourquoi ? insistai-je.

— Je trouve que ça fait « m'as-tu-vu ».

— Es-tu en train de me dire que j'ai l'air d'une « m'as-tu-vu » ?

— Non, non, s'empressa-t-il d'écrire en me jetant un regard embarrassé. Je trouve seulement que c'est plus juste d'avoir une conversation vidéo lorsque les deux possèdent une caméra.

Je le trouvais mignon.

— Je comprends, tapai-je pour le rassurer.

— Au fait, quel âge as-tu ? s'enquit-il.

— 16 ans. Et toi ?

— Je suis plus vieux que toi 😊.

— Depuis quand ?

— Depuis le 15 septembre 😊, me nargua-t-il.

Il me fit un clin d'œil en fixant directement l'objectif de sa caméra. J'avais beau trouver ça génial, c'était aussi beaucoup plus intimidant qu'une simple boîte de dialogue.

– Hé ! Pourquoi C-3PO ? hasardais-je.

– Ne me dis pas que tu n'as pas vu *Star Wars* !

– J'aurais dû y penser.

– Tu me rassures.

– J'ai préféré la première trilogie.

– Les épisodes IV, V et VI ?

– Les vieux épisodes, répondis-je, incertaine de l'ordre chronologique.

– C'était nouveau dans le temps. Les effets spéciaux des films plus récents sont impressionnants.

– Oui, mais les personnages se prennent trop au sérieux.

– Si tu veux. Remarque que C-3PO est resté le même.

J'éclatai de rire.

– J'adore te voir rire .

J'entendis quelqu'un cogner à la porte de ma chambre.

– Oui ? dis-je en me retournant.

Ma mère pointa le bout de son nez dans l'encadrement.

# L♥ve zone

– Je suis prête pour le dessert, dit-elle.

Quel beau prétexte pour vérifier avec qui j'étais en ligne !

– Donne-moi deux minutes.

– D'accord, dit-elle en retournant à la cuisine.

– Je dois y aller, tapai-je sur le clavier. J'ai des bougies à souffler.

– Tu n'as pas le choix, répondit P.-O. en tirant sa révérence avec un salut militaire.

– À plus.

– N'oublie pas de faire un vœu avant de souffler, écrivit-il, un sourire en coin, avant de couper la conversation.

J'aurais aimé prolonger la discussion, mais le devoir m'appelait. Un devoir de fêtée, ce n'était pas si mal, après tout.

Lorsque vint le moment de souffler les bougies sur le gâteau, je me demandais quel vœu formuler, comme si, tout à coup, cela prenait plus d'importance que par le passé.

– Allez, Mich, souffle tes bougies avant que la cire tombe sur le gâteau, m'encouragea ma mère.

Me sentant bousculée, je me suis souhaité beaucoup de bonheur comme j'en avais pris l'habitude depuis des années... sauf que cette fois, le vœu fut vite remplacé dans ma tête par l'image du sourire de P.-O.

# -7-

# Surprise !

Décembre 2008

J'attendais P.-O. devant les portes du métro Mont-Royal. Il était en retard et je regrettais presque de l'avoir invité. Je n'étais pas très à l'aise avec l'idée de cette rencontre, même si Lenny et moi avions convenu de cesser de nous voir durant le congé des fêtes. En fait, j'avais pris cette décision après notre dernière dispute.

*\*\**

C'était le samedi précédent. J'étais sous la douche lorsque ma mère vint m'avertir que mon ordinateur faisait du bruit. Je me précipitai dans ma chambre, enroulée dans une serviette. C'était Lenny qui m'envoyait un *wizz* (un genre d'alerte sonore) sur MSN.

– Où étais-tu ? écrivit-il.

– Sous la douche, répondis-je, exaspérée.

– C'était long 😠.

– Tu ne vas quand même pas me reprocher de prendre mon temps pour me laver ?

Je n'attendis même pas sa réponse avant de le relancer :

— Non seulement tu me déranges pour rien, mais en plus, tu déranges ma mère.

— Je te dérange ? s'offusqua-il.

C'était reparti ! Il était à cran.

— Écoute, Lenny, je ne peux plus continuer comme ça. J'en ai marre.

Après quelques secondes, le téléphone sonna. Je poussai un gros soupir avant de répondre.

— Tu veux me laisser ? me demanda-t-il de but en blanc.

— Je n'ai pas dit ça, répondis-je sur un ton sec.

— Tu dis que tu en as marre... Tu en as marre de moi ?

— De nous deux, rectifiai-je, maintenant déprimée.

— Tu veux me laisser, alors ? répéta-t-il en haussant la voix.

Il avait peur. Je le sentais dans sa voix.

— Tu n'en as pas marre, toi, qu'on se chicane tout le temps pour rien ?

— Je t'aime.

— Réponds, s'il te plaît.

# L♥ve zone

Il respirait fort au téléphone.

– Ce n'est pas toujours rose entre nous deux, mais je me dis qu'on va passer au travers. Je t'aime, Mich.

– Ah, Lenny..., soufflai-je, torturée.

– Je t'en prie, coupa-t-il.

L'idée avait mûri en moi lors de nos précédentes querelles. C'était maintenant qu'elle s'imposait.

– Écoute, j'ai besoin de prendre une pause.

– Il faut qu'on se voie pour en parler plus calmement, protesta-t-il.

– Non, décidai-je, soudain inflexible.

Il comprit que ma résolution était prise, car il changea vite d'avis.

– Tu as besoin de combien de temps ?

– Deux semaines.

– On ne se verra pas durant les vacances de Noël ? s'étonna-t-il, comme si c'était trop lui demander.

– Une semaine, ce n'est pas assez. Un mois, c'est trop.

Je ne lui avais pas vraiment donné le choix.

***

Une semaine venait de passer et j'étais encore confuse. J'essayais de me convaincre que j'avais le droit de voir qui je voulais quand Pierre-Olivier déboucha des escaliers du métro. J'oubliai mes doutes lorsque je le vis sourire. Il était vraiment content de me voir.

Il fut impressionné par le trafic du Plateau-Mont-Royal, lui qui venait de la banlieue.

À notre arrivée chez moi, je le présentai à ma mère. Les deux hommes de la maison étaient absents.

La journée passa vite. Nous jouâmes à des jeux vidéo avant de regarder le premier film de la série *Harry Potter*. Le reste du temps, nous avons écouté de la musique. Mais surtout, nous avons beaucoup parlé. C'était tellement facile de parler avec Pierre-Olivier. Les sujets de conversation ne s'épuisaient jamais.

Une demi-heure environ avant son départ, P.-O. devint silencieux. Je venais de choisir une chanson du groupe The Verve. Il me regarda avec un drôle d'air.

– Je peux changer de musique si tu n'aimes pas.

– C'est quoi ? demanda-t-il après quelques secondes.

– *Bittersweet Symphony*. As-tu déjà vu le film *Un pari cruel* ?

– Non.

# L♥ve zone

– C'est la chanson-thème. Ryan Philippe interprète le rôle d'un gars tordu qui fait le pari avec sa demi-sœur de dépuceler une fille de riche.

J'allai m'asseoir à côté de lui. Nous écoutâmes le reste de la chanson en silence. Quand je me tournai vers lui, je fus intimidée par son regard intense. Je ne devais absolument pas baisser les yeux la première, il aurait deviné mon trouble. Je soutins donc son regard au-delà du supportable, jusqu'à ce qu'il cède enfin.

Il saisit son sac à dos et fouilla à l'intérieur. Il me lança ensuite sur les jambes un paquet mou enrobé de papier coloré.

– Qu'est-ce que c'est ?

– Un cadeau de Noël.

– Mais… Voyons ! Je n'ai pas de cadeau pour toi, bafouillai-je.

– Désolé pour l'emballage, je ne suis pas très doué pour ça, m'interrompit P.-O. en ne tenant pas compte de mes protestations.

J'étais embarrassée, mais sincèrement ravie. Il avait mis tellement de ruban adhésif que je n'avais pas d'autre choix que de déchirer l'emballage.

– Oh ! m'extasiai-je.

– Tu l'aimes ?

– Je l'adore.

Je dégageai le toutou du papier qui s'accrochait encore à ses pattes. Pierre-Olivier m'offrait un guépard vêtu d'un nœud papillon noir et chaussé de petits souliers de course assortis.

– Tu es fin, Pierre-Olivier, mais fou. Tu sais ça ?

– Eh oui ! répondit-il en haussant les épaules en signe d'impuissance.

Je le regardai avec des yeux neufs.

– Je suis touchée.

Il avait la mine réjouie. Un sourire satisfait laissait voir ses dents blanches.

Poussée par la reconnaissance, je me penchai brusquement vers lui pour l'embrasser sur la joue. Je ne sais pas comment je m'y suis prise, mais le baiser a atterri sur sa bouche ! Une chance que je ne rougis pas... Je contraignis mon souffle à rester régulier, sans parvenir toutefois à m'empêcher de fixer P.-O. dans les yeux.

– Merci, murmurai-je en guise d'explication.

– De rien, répondit-il.

*** 

Dans mon lit, ce soir-là, je caressai distraitement le toutou de Pierre-Olivier en pensant à lui. C'était le gars le plus gentil que j'avais jamais rencontré. J'étais chanceuse de le compter parmi mes amis les plus chers. Je pris le guépard dans mes bras et me tournai sur le côté.

# L♥ve zone

Surprise, je sentis une étrange pression contre mon bras ! En appuyant la main sur le ventre du guépard, je sentis une sorte de pulsation sous mes doigts.

Il avait payé un supplément pour introduire dans la peluche un mécanisme qui imitait les battements du cœur ! Qu'il était mignon !

Je me couchai, l'oreille appuyée sur le toutou. Je m'endormis rapidement, bercée par les battements réguliers.

# -8-
## Ça suffit !

Mars 2009

J'étais fatiguée. Fatiguée des conflits. Fatiguée de me chamailler avec Lenny comme chien et chat. Fatiguée de me demander s'il m'aimait ou si je l'aimais. Fatiguée de tout lui pardonner. Fatiguée, point final !

Une solution simple s'imposait depuis un bon bout de temps. Je n'arrivais pas à me décider.

Les jours passèrent. Puis les semaines. Il fallut que je parte deux semaines en vacances avec mes parents durant la relâche scolaire pour m'apercevoir que Lenny ne me manquait pas du tout. Dès mon retour, je lui annonçai que c'était fini entre nous.

Il le prit très mal.

Il se mit à m'appeler pour essayer de me convaincre de reprendre notre relation.

J'ai demandé à ma mère de prendre les appels.

Il essaya une autre tactique. Il m'envoya par courriel des lettres d'amour déchirantes.

Je lui répondis que j'étais désolée, mais que je ne changerais pas d'avis.

Il récidiva en me bombardant de messages sur MSN. Le pseudonyme sous lequel il apparaissait s'adressait uniquement à moi. Il le changeait tous les jours, usant de tous les tons, en passant par l'amoureux transi, manipulateur, dépressif ou colérique :

*ℓεππγ* ♥ *réponds-moi, mon amour.*

*ℓεππγ* 😮 *tu me jettes et maintenant tu m'achèves ?*

*ℓεππγ : je te promets de changer si tu me reviens.*

*ℓεππγ* 😢 *la vie ne vaut pas la peine d'être vécue sans toi.*

*ℓεππγ* 😠 *arrête de me niaiser et débloque-moi !!!!!!!!!!!!*

J'avais effectivement bloqué son contact sur MSN. Il était fâché parce qu'il ne pouvait plus entrer en communication avec moi.

J'appelai mes amies en renfort, parce que j'avais soudain peur de la violence de ses réactions. Marie-Ève me recommandait de tenir bon, et surtout, de ne pas céder au chantage émotif, tandis que Josiane suggérait l'affrontement.

Ma mère régla le problème à ma place. Pour une fois, je ne lui en voulus pas.

J'étais en ligne sur Internet avec mes amies à discuter de mon ex lorsque j'entendis le téléphone sonner. J'allais suivre le conseil de Jo en décrochant, mais ma mère me devança. Je décidai d'écouter discrètement la conversation…

– Allô ! répondit-elle.

– Je pourrais parler à Marie-Michelle, s'il vous plaît ?

J'eus peur qu'elle me passe le récepteur.

– Non, Lenny, laisse-la partir, trancha ma mère.

– Je veux juste entendre sa voix.

– Tu te fais du mal et tu lui en fais, expliqua-t-elle patiemment.

– Mais je l'aime comme un fou, moi, se défendit-il.

– Justement, si tu l'aimes aussi fort que tu le dis, riposta-t-elle, tu devrais respecter ses sentiments.

– Je ne suis plus rien sans elle, geignit-il.

– C'est faux, le consola-t-elle. Donne-toi le temps de t'en apercevoir.

– Je ne la mérite pas, c'est ça ? grogna-t-il, aigri.

– Tu mérites autant qu'elle le bonheur. Continue ta route, tu trouveras la bonne. Plus tard, tu comprendras qu'une période d'essais et d'erreurs est nécessaire pour y parvenir.

– Qu'est-ce qui vous fait croire ça ?

– Nous passons tous par là.

Il y eut un moment de silence, que ma mère eut la présence d'esprit de ne pas interrompre. Elle ne précipita pas la fin de la conversation. Elle restait tout simplement au bout du fil à attendre qu'il le fasse de lui-même. C'est une femme sage, ma mère, même si je ne l'avouerai probablement jamais devant elle !

Je retenais mon souffle.

– Vous pensez que c'est vraiment fini entre elle et moi ? demanda-t-il d'une voix dénuée d'espoir.

– Je crois que oui, répondit ma mère sans détour.

– Dites-lui que... que je ne l'oublierai jamais. Dites-lui que... si elle change d'avis, elle sait où me trouver...

– Tu vas la laisser tranquille ? insista-t-elle.

Silence au bout du fil.

– Lenny ?

– Oui, balbutia-t-il avant de raccrocher.

J'enfonçai délicatement le bouton *off* de mon téléphone en inspirant longuement. J'avais le cerveau en ébullition.

– Marie-Michelle ? cria ma mère.

J'ouvris prudemment ma porte et pointai le bout de mon nez en dehors de ma chambre. J'entendais des bruits de vaisselle entrechoquée en provenance de la cuisine. Je la rejoignis près du comptoir.

– J'ai entendu ce que tu lui as dit, dis-je d'une voix incertaine.

– Je pense qu'il ne va plus t'incommoder dorénavant, éluda-t-elle, les mains occupées à préparer le repas.

– Tu... tu lui as dit de belles choses.

– Il en avait besoin.

– Jamais je n'aurais été capable d'être... aussi gentille avec lui. Il était devenu si agressif.

– Il souffre.

– Et moi donc ! m'exclamai-je sur la défensive.

– Pas comme lui, quoique ça n'excuse pas sa violence, tempéra-t-elle.

Je réfléchissais à toute vitesse.

– Maman, comment as-tu su que papa était le bon ?

– Je l'ai su instinctivement, mais il m'a fallu du temps pour en prendre conscience, répondit-elle.

– Explique-toi.

– Je m'étais déjà trompée auparavant et par conséquent, j'étais devenue prudente.

– Alors ? insistai-je, impatiente de connaître la suite.

– Alors, je l'ai fait attendre. Ou plutôt, j'ai attendu de voir.

– De voir quoi ? m'impatientai-je.

– De voir comment je me sentais à l'intérieur.

– Et... ? soupirai-je, lasse de lui tirer les vers du nez.

D'habitude, ma mère utilisait cette même tactique contre moi.

– C'était différent avec lui.

– Différent ? Qu'est-ce que tu veux dire ?

– Ça ne s'explique pas, ça se vit.

– M'man ! fis-je, exaspérée.

– Comment dirais-je ? J'agissais autrement lorsque j'étais avec lui. D'un côté, j'usais de stratégies afin de savoir ce qu'il pensait vraiment de moi. Je supputais, j'évaluais, j'analysais tout ce qu'il disait... De l'autre, il avait une façon de me regarder qui me mettait dans tous mes états.

Elle souleva distraitement le couvercle de la casserole sur le rond de la cuisinière.

– Mich, quand tu es avec un garçon et que les autres ne t'intéressent pas, c'est bon signe. Si en plus, tu veux toujours être avec lui et que le seul fait d'être loin de lui devient insupportable, il y a de fortes chances que tu sois amoureuse. Avant de dévoiler tes sentiments, assure-toi que le gars en question est sur la même longueur d'onde que toi. Tu comprends ?

# L♥ve zone

– Penses-tu vraiment que moi aussi je vais trouver LE bon, un jour ? demandai-je, sceptique.

– J'en suis sûre, répliqua-t-elle. Laisse-toi juste le temps…

# -9-
# Silence radio

Mars 2009

Tout le monde est à cran à l'école. C'est le temps de l'inscription au cégep. Cela suppose que nous devrions déjà avoir une idée du travail que nous voulons faire dans la vie. Pendant que nos chers parents s'empressent de montrer du doigt nos erreurs, nos professeurs, eux, nous poussent à faire un choix parmi une foule de programmes.

J'ai rencontré deux fois monsieur Létourneau, l'orienteur, et je n'arrive toujours pas à me décider. Il accorde une importance particulière à mes notes en mathématiques. Il dit que cela multiplie les possibilités d'avenir. Au secours ! Non seulement il ne me simplifie pas la tâche, mais encore, il en rajoute sur mes épaules ! J'aurais aimé avoir une révélation comme c'est arrivé à une de mes amies.

Karine s'est blessée au genou en tombant dans l'escalier l'été passé. La pauvre ! Mais attendez de lire la suite. Elle a eu recours à la physiothérapie durant plusieurs semaines avant de recouvrer complètement l'usage de sa jambe. Dès le retour en classe, elle a fait quelques recherches sur les métiers dans ce domaine et a changé ses cours pour obtenir le profil scientifique. C'était nécessaire pour devenir kinésithérapeute. Désormais, Karine n'a plus à se poser de questions au sujet de son avenir.

Avec toute cette fébrilité dans l'air, il me fallut plusieurs jours pour me rendre compte que quelque chose clochait. Les journées passaient et j'avais l'impression d'oublier un truc important. J'épluchais mon agenda scolaire à la recherche d'un travail en retard. Tout était en règle de ce côté.

Je ne pouvais pourtant pas m'empêcher de trouver qu'il y avait un trou dans mon horaire de fou. Je me levais à 6 h 15 tous les matins d'école. Je faisais mon lunch. Je me douchais et me préparais pour partir à 7 heures pile. Je rentrais à la maison vers 15 heures. Je prenais une petite collation en placotant au téléphone avec Jo ou Èvie. Ensuite, je faisais mes devoirs jusqu'au souper. J'enchaînais avec une émission de télévision, question de me divertir. Je finissais la soirée dans ma chambre, la musique en sourdine, à réviser la matière du jour et à planifier le lendemain, le tout entrecoupé de conversations sur MSN.

Soudain, j'ai compris ce qui n'allait pas. Je n'avais plus de nouvelles de Pierre-Olivier depuis un certain temps.

Je pensai d'abord qu'il était parti en vacances. Stéphanie, qui sortait maintenant avec Marc, me détrompa. Nous étions à la douche après une partie de tennis, lorsqu'elle me dit :

– Marc vient me chercher ce soir.

– Ah bon ?

– Nous allons voir un *tuning show* à Laval. Un genre d'exposition de voitures modifiées.

– Ça t'ennuie ?

# L♥ve zone

– Pas vraiment. C'est juste que nous ne serons pas seuls. Il amène P.-O. avec lui. Si le petit frère est dans nos pattes, alors la soirée va être courte, expliqua-t-elle, résignée.

***

La semaine qui suivit, je me surpris à surveiller Pierre-Olivier sur MSN. Il était souvent hors ligne. Quand il y était, j'attendais en vain qu'il me fasse signe. *Niet ! Nada !* Silence radio total. Pour une raison que j'ignorais, il avait tout simplement cessé de m'écrire.

Cela commençait à m'agacer sérieusement. Combien de fois avais-je cliqué sur son lien et commencé à taper une phrase pour ensuite me raviser ? J'annulais vite fait avant qu'il puisse apercevoir mes pitoyables tentatives d'approche.

J'étais plongée dans mes lugubres pensées lorsqu'un son familier m'avertit que quelqu'un m'écrivait. J'espérais que ce serait lui.

– Salut, Mich, me salua Josiane en déclenchant une conversation vidéo.

À contrecœur, j'acceptai.

– Oh là ! Ça n'a pas l'air d'aller, s'inquiéta-t-elle.

– Bof…

– Ce n'est pas ton ex qui revient à la charge, toujours ?

– Eh non ! m'exaspérai-je. Je ne comprends pas pourquoi P.-O. ne m'écrit plus.

— Il s'est peut-être fait une blonde, répondit-elle en toute innocence.

— Tu crois ? demandai-je, soudain contrariée.

Josiane releva la tête de son clavier, les sourcils froncés.

— Tu es fru, constata Josiane.

— Non, je ne suis pas fru, protestai-je avec un peu trop de vigueur.

— Oh que oui ! affirma-t-elle avec satisfaction. Je savais qu'il se passait quelque chose entre P.-O. et toi.

— Jo, à qui tu écris ?

— Une seconde.

Je la vis taper sur son clavier à la vitesse de l'éclair. Une question du serveur de messagerie s'interposa entre deux lignes. Je ne pus m'empêcher de soupirer bruyamment tout en accédant à la requête. Une troisième fenêtre s'ouvrit. Je vis Marie-Ève apparaître à l'écran. Nous étions maintenant en conversation conférence.

— Qu'est-ce qui se passe ? dit-elle.

— Figure-toi que Mich a des sentiments pour P.-O., affirma Josiane.

— Est-ce vrai, Mich ?

# L♥ve zone

— NON, écrivis-je furieusement en faisant rebondir mes doigts sur les touches de mon clavier. Jo, si tu n'arrêtes pas de faire des fichues suppositions, je coupe la conversation.

— Calme-toi, Mich. Je veux juste t'aider, s'excusa piteusement Jo.

Ma colère tomba d'un coup, cédant la place au désarroi.

— Pourquoi P.-O. ne m'écrit plus ?! écrivis-je.

— Ça remonte à quand la dernière fois qu'il t'a écrit ? commença calmement Èvie.

— C'était il y a presque deux semaines.

— Tu t'es chicanée avec lui ? risqua Jo.

— Non.

— Te répond-il ? enchaîna Èvie.

— Je... je n'ai pas osé lui écrire.

— POURQUOI ? tapèrent-elles à l'unisson.

— Je ne sais pas quoi lui dire. C'est ridicule, mais c'est comme ça.

Les idées se bousculaient dans ma pauvre petite tête.

— C'est toujours lui qui prenait les devants. Il était toujours là. Je m'y étais habituée, expliquai-je du mieux que je pouvais. Cela m'a pris cinq ou six jours pour m'apercevoir qu'il était plutôt silencieux sur MSN. Et le même nombre de jours pour me rendre compte qu'il était en ligne, mais pas avec moi ! Maintenant, je ne sais plus comment l'aborder.

– Trouve n'importe quelle excuse, me conseilla Èvie.

– Dis-lui en intro que tu étais submergée de travaux scolaires, poursuivit Jo.

– J'ai toujours plein de travaux d'école. Rien de nouveau là-dedans.

– Alors, dis-lui que les délais étaient serrés, cette fois.

Le doute m'envahit.

– Je ne l'intéresse peut-être plus, avançai-je.

– Il a peut-être la tête ailleurs, suggéra Èvie.

– Tu penses qu'il a des problèmes ? demandai-je.

– Il est peut-être amoureux d'une autre fille, ton P.-O., poursuivit Èvie.

– Ouais, c'est bien possible, renchérit Jo.

Je ne me sentais pas bien. Pas bien du tout.

– Il t'a temporairement oubliée, voulut me rassurer Èvie. Ne t'en fais pas, il a oublié aussi tous ses amis, même ceux qu'il voit depuis le primaire.

# L♥ve zone

— Merci, les filles, pour vos conseils, écrivis-je. Je suis crevée ; je vais aller me coucher.

— Bonne nuit, Mich, lancèrent-elles en même temps.

Ma mère dit souvent que la nuit porte conseil ? Laisse-moi te dire que cette nuit-là, je dormis très mal. Mon sommeil fut peuplé de mauvais rêves dans lesquels régnait la plus totale confusion. P.-O. y jouait un rôle primordial, provoquant en moi un mélange confus de sentiments doux-amers. Il était question de disputes et de réconciliations. Je crois même me souvenir que je voulais l'embrasser, mais qu'il refusait en prenant la fuite.

Je me levai plus fatiguée que la veille, avec en plus le sentiment désagréable d'avoir été rejetée. Et qu'en était-il du fameux conseil livré au petit matin dont m'a parlé ma mère ? J'attendais toujours l'idée géniale qui m'aurait permis de résoudre le casse-tête qu'était devenu P.-O. ! J'avais le cerveau en compote.

\*\*\*

Les jours suivants défilèrent dans un ennui total. J'allais à l'école, je faisais mes devoirs, j'accomplissais mes tâches quotidiennes en masquant mon air bête d'un sourire neutre. Évidemment, ma mère n'était pas dupe. Elle voyait bien que le cœur n'y était pas. De toute façon, le masque, que je maintenais en place dès que je sortais de la maison, tombait aussitôt que je franchissais la porte d'entrée au retour de l'école. J'étais lasse de faire semblant toute la journée.

Ma mère tint bon quelques jours, puis m'attaqua de front un vendredi soir.

– Qu'est-ce que tu as ? me demanda-t-elle, pleine de douceur.

– Rien, répondis-je, fermée comme une huître attaquée par un prédateur particulièrement féroce.

– Est-ce Lenny ?

– Arrgh ! Qu'est-ce que vous avez tous avec Lenny ? ripostai-je agressivement.

– Alors c'est l'école ? me relança-t-elle, aussi tenace qu'un pitbull.

– Non. Rien de neuf de ce côté-là, répliquai-je, ironiquement. Les profs sont toujours sur notre dos.

J'étais gonflée à bloc, prête à livrer bataille.

– Si la dérision peut te faire du bien, vas-y, concéda-t-elle, indulgente.

Elle avait pété ma bulle d'une seule phrase.

– Tout va mal.

– Tant que ça, mon ange ?

– Oui, geignis-je.

Elle avait le don de me faire retomber en enfance. J'étais ridicule, mais combien rassurée d'avoir quelqu'un qui ne jugerait pas mon attitude rétrograde.

# L♥ve zone

– Raconte-moi, m'encouragea-t-elle.

– J'ai trop de travaux, pas assez de temps. Les profs sont fous. On dirait qu'ils se sont consultés pour nous compliquer la vie. J'ai trois examens cette semaine. Je dois remettre une recherche sur l'Empire romain dans deux semaines. Sans compter que j'ai un livre à lire d'ici la semaine prochaine. Le prof de français, que je déteste, va nous donner une interro sur les personnages, expliquai-je, à bout de souffle.

– C'est un coup à donner. Vous êtes à la fin d'étape. Il me semble que tu t'es bien documentée sur les Romains à la bibliothèque, l'autre jour ? Et le livre que tu lis, c'est celui d'Anne Rice ? Le film que j'ai loué pour toi il y a deux semaines était tiré d'un de ses romans, je crois. *Entretien avec un vampire*. Cela devrait t'aider un peu, non ?

– Tu ne comprends pas, dis-je, renfrognée.

– Je pense que ton problème se situe ailleurs, insinua-t-elle.

– Ça ne sert à rien de te parler. Tu ne m'écoutes pas. Je n'ai plus le goût de rien faire. Je prendrais bien une année sabbatique avant le cégep, lançai-je avec défi.

– Voilà où est le problème ! s'exclama-t-elle. Tu as mis le doigt dessus.

– Quoi ? ? ?

– Ton problème est le manque de motivation. Tu es d'accord ?

– N… oui, admis-je, incertaine.

– Tu n'es pas motivée parce que quelque chose te tracasse. Toujours d'accord ?

– Si tu veux.

– La vraie question est : qu'est-ce qui te tracasse ?

Cinq minutes lui avaient suffi pour me déjouer.

– Je ne veux pas en parler, répondis-je, prise au dépourvu.

– Tu ne te serais pas chicanée avec Josiane ou Marie-Ève, par hasard ? supposa-t-elle.

– Non, soupirai-je, exaspérée.

– Comment va Pierre-Olivier ?

Dans le mille. Devant mon silence éloquent, elle renchérit :

– Tu peux tout me dire, mon ange.

– Il n'y a rien à dire justement, ou plutôt, il n'a rien à me dire, ricanai-je pour masquer mon désarroi.

– Cela te rend triste qu'il ne communique plus avec toi ?

Elle y allait un peu fort. Triste ?

– Je ne sais pas.

Je me sentais comment, au juste ?

– Je m'ennuie de lui, avouai-je à voix basse.

# L♥ve zone

– Peut-être que Pierre-Olivier...

– Tu ne vas pas t'y mettre toi aussi, coupai-je, incapable d'entendre une fois de plus quelqu'un me dire que P.-O. avait probablement un *kick* sur une autre fille.

– ... en a eu assez de faire les premiers pas, termina-t-elle sa phrase.

– Qu'est-ce que tu racontes ? m'emportai-je.

– Lorsque tu entretiens une relation avec quelqu'un, tu ne dois pas faire l'erreur – et beaucoup la font – de penser que c'est à sens unique.

– Je suis censée comprendre quelque chose là-dedans ?!

– Quand je reprends contact avec un ami, que j'essaie de renouer avec lui malgré mon horaire chargé, et que l'ami en question ne me relance pas, je me dis qu'il ne fait pas beaucoup d'effort de son côté. Il se pourrait alors que je le laisse venir la prochaine fois, si prochaine fois il y a. Tu comprends ?

Ce n'était pas bête. Pas bête du tout.

– Tu crois vraiment que P.-O. attend de voir si je vais lui écrire ou quelque chose du genre ? murmurai-je, soudain radoucie.

– Tu devrais peut-être vérifier... si tu penses qu'il en vaut la peine. De toute façon, c'est toujours mieux d'être fixée sur ses intentions plutôt que de continuer à t'empoisonner la vie en te posant des questions auxquelles lui seul peut répondre.

Je me sentis soudain plus légère. Si P.-O. me faisait passer un test, et que moi, je le ratais simplement parce que j'étais assez stupide ou orgueilleuse pour ne pas faire les premiers pas, serais-je plus avancée ? Je devais simplement arrêter de me trouver toutes sortes d'excuses bidon.

– Maman, je ne suis pas un ange, avouai-je, le plus sérieusement du monde.

– Pour moi, tu seras toujours mon ange.

– Si ça se trouve, c'est toi qui es mon ange gardien, bafouillai-je avant de m'éclipser.

Je m'enfermai dans ma chambre, à l'abri des regards. Assise devant l'écran noir de mon ordinateur, je réfléchis à la manière d'aborder Pierre-Olivier. Puis, j'en eus assez de réfléchir. J'optai plutôt pour l'improvisation. Je pianotai nerveusement en attendant que l'application MSN s'ouvre. Dès que j'eus le feu vert, je cherchai P.-O. dans ma liste. Déçue, je constatai qu'il n'était pas en ligne. L'entête de son statut avait changé.

*C-3PO — not so cool anymore — je m'ennuie trop*

*Not so cool !* Le robot ou le gars ? Quant à moi, je trouvais qu'effectivement ce n'était pas très *cool* de la part de P.-O. de me faire autant languir.

– Je m'ennuie trop, lus-je à voix basse, intriguée qu'il soit dans le même état d'esprit que moi.

De qui s'ennuyait-il ?

# L♥ve zone

Je réfléchissais trop encore une fois. Je devais suivre le sage conseil de ma mère. Pierre-Olivier était mon ami et je voulais qu'il le demeure. J'écrivis d'une traite le message suivant :

*Mich — anytime you want… —* 😊 *Je m'ennuie encore plus* 😊 *dit :*

P.-O., tu t'ennuies mais certainement pas autant que moi. Que fais-tu ? Tu ne m'écris plus ! Je t'en veux de m'oublier aussi facilement. Je sais, tu m'as gâtée, mais j'y avais pris goût. Si tu m'en veux de ne pas t'avoir relancé plus tôt, alors je considère que nous sommes quittes. Tu dois savoir que j'accordais beaucoup d'importance à nos petites conversations sur MSN…

Ton amie Mich, qui espère avoir de tes nouvelles bientôt.

P.-S. Je vais me dépêcher d'appuyer sur « Envoyer » avant de changer d'avis.

J'eus soudainement des sueurs. Le message avait bel et bien été envoyé en différé. Le doute m'assaillit.

L'ordinateur produisit un bruit qui me fit sursauter. Mon cœur cessa de battre le temps d'une pulsation. Dans la barre du bas, un message orange apparut. Je cliquai dessus et une fenêtre s'ouvrit.

– C'est impossible, Mich, de t'en vouloir, encore moins de t'oublier.

Je pris une profonde inspiration, une main sur mon cœur pour l'aider à se calmer.

– Pourquoi ce silence ?

– Pour voir.

– C'était un test ?

– En quelque sorte.

– Je l'ai passé ? 😁 demandai-je, prudente.

– Ce n'était pas toi qui étais visée, répondit P.-O.

– Qui alors ?

Il ne répondit pas. Peut-être parviendrais-je à comprendre quelque chose si je regardais Pierre-Olivier dans les yeux. Je l'invitai donc à demander la *webcam*.

Il refusa au moment même où j'acceptais. Seule mon image apparut au bas de l'écran.

– Je ne comprends rien, 😠 écrivis-je, contrariée.

– J'ai voulu tester mes limites.

Entre-temps, j'essayai à nouveau de démarrer une conversation vidéo, pensant qu'un pépin l'avait empêché de donner suite à ma demande la première fois.

Là, il n'y eut plus de doute ; il ne voulait pas.

– Accepte, s'il te plaît, le priai-je en essayant une fois de plus.

– C'est à mon tour d'être mélangé, voulut-il m'expliquer en ignorant une fois de plus ma requête.

# L♥ve zone

J'étais affectée par ce que je lisais, et j'étais incapable de le dissimuler.

> — Ne le prends pas mal, Mich.

> — Tu ne veux plus être mon ami ? 😳 écrivis-je en le disant en même temps à voix haute, le regard pointé sur la *webcam*.

> — Ne me regarde pas comme ça.

> — Réponds-moi, exigeai-je, en annulant la vidéo.

Mon image disparut de l'écran. Il était temps, car j'avais les yeux pleins d'eau.

> — Je ne veux plus être ton ami.

> — Non !? 😳 réussis-je à taper, de peine et de misère.

Les larmes coulaient maintenant librement sur mes joues.

> — Non, écrivit-il à nouveau.

J'avais mal. Je coupai brusquement la conversation en me déconnectant de l'application MSN. Il y avait toujours bien une limite à encaisser les coups sans tomber !

Je souffrais. Tellement que j'en étais affolée. Vers qui pouvais-je me tourner pour soulager ce poids qui pesait de plus en plus lourd sur mon cœur ? D'une main, j'étouffai un sanglot involontaire, et de l'autre, j'agrippai le toutou que P.-O. m'avait donné à Noël. Je m'effondrai sur mon lit, aussi démunie qu'un bébé abandonné par sa mère.

***

Je me réveillai plusieurs fois durant la matinée qui suivit. Comme tous les samedis, j'entendis mes parents discuter en lisant les journaux. Je m'efforçais de garder les yeux ouverts plus de cinq minutes, mais je me rendormais. Passé midi, ma mère s'inquiéta. Elle vint cogner doucement à la porte.

– Je vais me lever bientôt, soupirai-je, obtenant ainsi un petit répit supplémentaire.

Je paressai encore un peu avant de me décider à sortir du lit. J'étais vidée. Mon corps n'avait plus d'énergie, et ma tête, plus une once de raisonnement. Mes fonctions vitales fonctionnaient au ralenti.

Comme tous les matins de congé, je me dirigeai vers mon ordinateur. Je tendis le doigt vers le bouton puis, soudain, je suspendis mon geste. Je pris la décision de ne plus y toucher de toute la fin de semaine. Ce fut les deux plus longs jours de toute ma vie.

***

Le lundi matin, je me levai avant que mon réveil sonne. La première chose que je fis, ce fut d'allumer mon ordinateur. Un courriel de P.-O. m'attendait. Je le lus deux fois… Je sentis mon sang circuler plus vite dans mes veines, mon cœur palpitait, mes oreilles bourdonnaient. J'étais sous le choc.

# L♥ve zone

Mich,

Je n'en peux plus. Je suis à tes pieds, vaincu et dépendant.

Le jour, je pense constamment à toi. Tu es belle comme une déesse. Ton indépendance me déroute... Ton innocence m'affole autant qu'elle m'exaspère, car la confiance que tu places en moi met toutes mes défenses K.O. Ça me rend fou !

La nuit, c'est pire. Tu hantes mes rêves. Mon corps est au supplice et mon cœur bat trop vite. Le réveil est brutal lorsque je me rends compte que tu n'es pas dans mes bras.

Je sais que je risque ton amitié, mais je veux plus. Au point où j'en suis rendu, je n'ai plus rien à perdre.

Je t'aime, Mich.

Je me retiens de te le dire depuis trop longtemps. Il fallait que ça sorte. Ces mots désespéraient de franchir mes lèvres pour atterrir concrètement sur les tiennes chaque fois que je te voyais.

P.-O. ♥

P.-S. Je respecterai ta décision même si je dois en souffrir, mais réponds-moi, s'il te plaît.

Ce que je m'empressai de faire.

P.-O.,

Je suis désolée de t'avoir fait attendre aussi longtemps. Vu qu'on s'est mal quittés vendredi passé, je n'ai pas touché à mon ordinateur de toute la fin de semaine. Il faut que je te parle de vive voix. Dis-moi quand.

Mich.

# -10-
## Il m'aime !

Avril 2009

Je ne pensai qu'à ça toute la journée ! Je passai devant le local d'informatique à chacune de mes pauses. Chaque fois, je me heurtai à une porte barrée. Dire que l'année précédente, j'avais accès au labo informatique ; j'aurais pu aller lire mes courriels !

J'étais fébrile. Mes amies le voyaient bien. Elles essayèrent en vain de me faire parler. Quelque chose me retenait de leur dire ce qui se passait. Elles sauraient tout quand j'en aurais appris plus moi-même.

Dès mon retour de l'école, je courus à l'ordinateur. Je tempêtai contre la lenteur du système. Quand j'eus enfin accès à MSN Messenger, je vérifiai si P.-O. était en ligne. Non. Évidemment. Étant donné qu'il habite la banlieue, il arrive plus tard chez lui... J'ouvris donc ma messagerie pour voir si j'avais du courrier. J'avais cinq messages, dont un de P.-O.

J'ai un congé pédagogique demain 😊. Es-tu libre ? Si oui, à quelle heure ?

P.-O.

Je pris d'assaut mon clavier d'ordinateur et tapai la réponse suivante :

> Ça tombe bien, j'ai moi aussi congé. Je suis disponible toute la journée. Tu as juste à me dire l'heure à laquelle tu arrives.
>
> Mich

Moins d'une heure plus tard, il me répondait.

> J'arriverai à la station Berri-UQAM à 11h10. Je devrais être chez toi une quinzaine de minutes plus tard. D'accord ?

Je lui répondis brièvement, sans perdre de temps.

> Ça va pour moi 😊.

J'avais les yeux dans le vague lorsque ma mère m'interpella :

– Bonjour !

– Bonjour, maman.

– Il t'a écrit ? me demanda-t-elle pour la forme.

Elle savait la réponse. Ne me demandez pas pourquoi, c'est ainsi.

– Oui, il vient demain.

– Tant mieux, approuva-t-elle, faisant mine de se retirer.

– M'man ?

# L♥ve zone

– Oui ?

– Qu'est-ce que tu penses de lui ?

– C'est un bon gars.

– Pas de réponse d'adulte !

Ma mère me regarda droit dans les yeux.

– Je le trouve mignon, mais l'important, ce n'est pas mon opinion, c'est la tienne. Est-ce qu'il te plaît ?

– Ça se pourrait bien.

Ma mère n'ajouta aucun commentaire. Je vis toutefois un sourire mystérieux flotter sur ses lèvres, juste avant qu'elle quitte la pièce.

Je m'enfermai dans ma chambre pour écouter de la musique. Je réfléchis mieux ainsi. Pierre-Olivier occupa toutes mes pensées.

Il lui en avait fallu une bonne dose, de courage, pour m'avouer son amour. D'autant plus qu'il ne connaissait pas mes sentiments à son égard.

Quels étaient-ils, d'ailleurs ? J'étais certaine d'une chose au moins, je n'éprouvais pas seulement de l'amitié pour lui. Son long silence m'avait ébranlée, mais pas autant que notre dernier entretien sur MSN.

Le coup de grâce avait été sa lettre d'amour. Et quelle lettre ! Je la gardais jalousement sur moi, pliée dans ma poche de jean.

Il disait que je le rendais fou. Il pensait constamment à moi. J'adorais le passage sur ses nuits tourmentées. J'eus des chatouillis dans le ventre rien qu'à y penser. Jamais je n'avais éprouvé cela avec Lenny.

Je me mis à rêvasser. Je me vis dans ses bras, qui me serraient très fort. Je me souvins de son baiser. En fait, je ne l'avais jamais oublié. J'avais temporairement mis de côté ce souvenir, le temps de régler définitivement le cas de mon ex.

*\*\**

Le lendemain matin, je me levai deux heures à l'avance pour me préparer. Je monopolisai la salle de bains. De guerre lasse, mon frère se passa de douche. Ma mère fut réduite à me quémander sa trousse de maquillage, son peigne et sa brosse à dents pour faire sa toilette dans la cuisine. Une chance que mon père se levait tôt pour aller travailler, il était déjà parti avant que je me lève.

Ma chambre était à l'envers. J'avais fouillé dans tous mes tiroirs. La porte du placard était grande ouverte. Il y avait des vêtements partout. Sur le lit, sur la chaise d'ordinateur et par terre. Je ne savais pas quoi mettre !

– M'man ! criai-je, découragée.

J'entendis mon frère bougonner à l'intention de ma mère :

– Qu'est-ce qui lui prend ?

# L♥ve zone

Elle lui répondit de me laisser tranquille.

– Oui, Mich ? dit-elle en entrant.

Elle sursauta face à la pagaille.

– Aide-moi à choisir ce que je vais mettre !

J'avais composé plusieurs ensembles susceptibles de m'avantager. Quel chandail choisir ? Le bleu ou le noir ? Quelle couleur de jean était préférable : le pâle ou le foncé ?

Ma mère se mit à ranger en m'indiquant ses préférences. Elle extirpa quelques vêtements intéressants de la pile de ceux qui n'avaient pas retenu mon attention. Quand je fus enfin fixée, je quittai précipitamment la chambre, la plantant au milieu du désordre pour m'engouffrer une fois de plus dans la salle de bains.

– Elle en a pour combien d'heures, là-dedans ? S'il me prend une envie pressante, je fais quoi, moi ? entendis-je mon frère grommeler.

Je l'ignorai royalement. J'aplatis mes cheveux au fer. Je me maquillai légèrement. J'empruntai même le parfum de ma mère sans lui demander la permission. Finalement, j'examinai longuement mon reflet dans le miroir. Ça irait… Ne restait qu'à rendre ma chambre aussi présentable.

\*\*\*

Pierre-Olivier était en retard. Heureusement, mon frère venait juste de partir pour le cégep. Ma mère était en congé, mais je lui fis jurer de ne pas nous déranger.

L'attente me stressait. J'imaginais plein de scénarios. Qu'allais-je lui dire d'emblée? Quelle attitude adopter? Je n'étais pas *relax* de nature. Est-ce que ma chambre était la meilleure pièce pour parler? Je ne voyais pas où nous pourrions nous installer, sinon…

Soudain, je me tapai le front d'une main. Je courus dans la chambre de mon frère et lui piquai sa chaise d'ordinateur. Je ne voulais surtout pas qu'on s'assoie sur le lit.

La sonnette de la porte d'entrée résonna. Je me précipitai pour ouvrir, mais me ravisai afin de jeter un dernier coup d'œil dans le miroir. « Pas pire », jugeai-je.

La main sur la poignée, j'inspirai un bon coup, puis j'ouvris la porte.

Pierre-Olivier me regarda avec un air incertain. Tout simplement craquant!

– Désolé pour le retard, l'autobus était pris dans le trafic, dit-il.

– Pas grave, répondis-je sérieusement. Entre.

Je fis un pas de côté pour le laisser passer. Je verrouillai la porte et me retournai. Il restait planté dans le vestibule, ne sachant trop que faire.

– Viens.

Je lui pris la main et l'entraînai vers ma chambre. Je lâchai sa main à regret. Je lui désignai une chaise, tandis que je m'asseyais sur l'autre.

C'était à moi de parler. Je lui devais au moins ça.

– Je comprends maintenant ce que tu voulais dire sur les limites à tester. Et aussi pourquoi tu refusais que nous soyons amis... Tu essayais de m'oublier, c'est ça ?

– Je n'y arrivais pas, alors j'ai joué le tout pour le tout en restant silencieux, dit-il, embarrassé.

– Tu m'as fait de la peine, vendredi passé, avouai-je.

– Je sais, c'est pourquoi je t'ai écrit.

– J'ai... été bouleversée par ta lettre, balbutiai-je.

Il était tendu et concentré, incertain du dénouement de la conversation. Cette incertitude le rendait encore plus beau. J'avais très envie de l'embrasser.

– Je ne savais pas que tu éprouvais de tels sentiments pour moi, poursuivis-je.

Il voulut dire quelque chose, mais je l'arrêtai d'un geste.

– Oui, tu m'avais déjà dit que tu étais attiré. Presque en même temps, tu m'avais laissé entendre que tu sortirais avec moi si je laissais Lenny. Par la suite, tu n'en as pas reparlé lorsque j'ai cassé. Alors, j'en ai déduit que tu ne voulais pas gâcher notre amitié.

– Je pensais que j'avais été assez clair. Avoir su, je serais passé à l'action plus vite.

– Tu aurais peut-être dû.

Un éclair d'intérêt passa dans son regard.

– Tu crois ?

Je baissai les yeux.

– Je ne suis pas sûre, hésitai-je.

Je ne savais plus si je devais lui dévoiler ce qui se cachait dans mon cœur. Il sembla déçu. Cela fit fondre mes scrupules.

– Je pense que j'avais besoin de temps pour me rendre compte de certaines choses, expliquai-je. J'ai d'abord compris que tu me manquais lorsque tu as arrêté de m'écrire sur MSN. Puis… j'ai eu mal lorsque tu as refusé mon amitié. Pour finalement m'apercevoir que...

Je déglutis péniblement avant de poursuivre :

– ... je tenais plus à toi que je le pensais.

Un silence de plomb suivit cette déclaration. Je n'osais plus le regarder.

Il se leva et s'approcha de moi. Je levai enfin les yeux pour le regarder. Pierre-Olivier se pencha lentement vers moi, jusqu'à ce que nos lèvres se touchent presque.

– Il était temps, chuchota-t-il.

– Ne te retiens surtout pas, murmurai-je, faisant référence au poème qu'il m'avait écrit.

– Je t'aime, dit-il avant d'écraser sa bouche sur la mienne.

# -11-
## Les copines d'abord

Mai 2009

J'avais invité mes amies à venir chez moi après l'école. Elles avaient tout de suite accepté, car elles se doutaient que j'avais quelque chose d'important à leur dire. Nous étions dans ma chambre, assises toutes les trois sur le lit, quand je leur annonçai la nouvelle :

– Je sors avec P.-O.

– Je le savais ! lança Josiane.

– Depuis quand ? s'informa Marie-Ève.

Je leur résumai toute l'histoire, depuis notre malentendu sur MSN jusqu'à la déclaration d'amour.

– J'avais raison, dit Josiane. P.-O. était bel et bien amoureux, mais pas d'une autre fille. De toi, Mich, ça oui !

– Tu as reçu une lettre d'amour ? s'exclama Marie-Ève avec une note d'envie dans la voix.

Je sortis la lettre de ma poche.

– Voulez-vous la lire ?

– On peut ? demandèrent-elles à l'unisson.

Marie-Ève prit la lettre dans ses mains et la déplia délicatement comme si c'était un précieux trésor. Josiane se pencha vers son amie afin de prendre connaissance du contenu. Au fur et à mesure qu'elles avançaient dans leur lecture, j'entendais leurs cris d'excitation. Un silence respectueux suivit.

– Qu'est-ce que vous en dites ? demandai-je, n'y tenant plus.

– Tu es tombée sur un gars romantique, constata Josiane, le regard vague.

– C'est beau ce qu'il t'a écrit, enchaîna Marie-Ève.

Un sourire de contentement étira mes lèvres.

– Il a été patient, poursuivit Èvie.

– On peut le dire, renchérit Josiane. Il t'a attendue presque un an.

– Tu es loin du compte, voulus-je préciser. Je l'ai rencontré l'été dernier. Ça fait huit mois.

– Tu *tchattais* avec lui bien avant votre rencontre au *party* de Steph, rectifia Jo.

– D'accord, ricanai-je.

– Aucun gars ne s'intéresse à moi de cette façon, déclara Josiane dans un moment de découragement.

# L♥ve zone

– Euh ! C'est toi qui dis ça ?! m'étonnai-je.

– Vu de l'extérieur, tout a l'air beau. Oui, un paquet de gars sont entrés dans ma vie... pour aussitôt en sortir. Ils ne font que passer. Je ne sais pas ce que vous leur faites ; vous tirez le gros lot du premier coup. Ce n'est pas juste !

Lorsque l'une d'entre nous va moins bien, les deux autres unissent automatiquement leurs efforts pour lui remonter le moral. Et rien de tel que l'humour !

– Tu as déjà oublié Lenny ?! raillai-je. Je ne me rendais même pas compte que rien n'allait entre nous.

– Ça fait trois ans que je connais Dan, pourtant je sors avec lui depuis seulement un an, ajouta Marie-Ève.

– Oui, mais ils étaient là, à portée de main, au moins.

– Te rends-tu compte que ces choses-là prennent du temps ? essayai-je d'expliquer en lui serrant affectueusement les épaules.

– Ouvre tes yeux, lui conseilla Marie-Ève. Ton futur amoureux est peut-être déjà dans ta vie, et tu ne le sais pas !

– Vous croyez ?

– Je l'espère, en tout cas, répondit Èvie.

– Sait-on jamais ! ajoutai-je.

– Les filles, qu'est-ce que je ferais sans vous ?

C'est le type de question sans réponse qui, curieusement, réconforte drôlement.

D'un commun accord, Marie-Ève et moi évitions désormais de citer nos amoureux respectifs en présence de Josiane. Ce que nous avions pris pour de la frivolité était en réalité de la recherche intensive. Jo rêvait comme nous de l'âme sœur.

Comment mettre un bémol sur l'exaltation que soulevait en moi le simple fait de penser à Pierre-Olivier ? Il m'appelait tous les jours. Il m'écrivait aussi de petits mots doux. Dès que nous avions une chance, nous ouvrions MSN avec la *webcam*. Nous restions en ligne toute la soirée. Je faisais mes devoirs avec son image *live* sur mon écran d'ordinateur. Je quittais quelquefois mon poste pour aller manger ou prendre une douche. Aussitôt que je m'étais acquittée des nécessités extérieures, je retournais dans ma chambre pour passer un maximum de temps avec lui.

Je le voyais rarement étudier. Pierre-Olivier définissait l'école comme un lieu de détention où perdre son temps était la norme. Ses parents et lui étaient parvenus à une entente : tant que P.-O. passait ses cours en vue de l'obtention du diplôme de cinquième secondaire, ils ne s'en mêleraient pas. Jusqu'à présent, il respectait sa part du marché (de justesse, il va sans dire). Alors, ses parents faisaient de même.

Même s'il n'était pas porté sur les études, il m'encourageait à finir mes devoirs les jours où j'avais le goût de tout envoyer promener pour lui accorder plus de temps. Il était adorable.

P.-O. travaillait à l'épicerie du coin une quinzaine d'heures par semaine, réparties sur trois jours. Le dimanche nous était réservé. Il aurait sans doute la possibilité de coucher chez un de ses amis certains samedis.

# L♥ve zone

Il restait une question importante à régler. Je comptais lui en parler la prochaine fois que je le verrais.

— Tu es dans la lune, Mich, dit Marie-Ève, assise directement en face de moi à la cafétéria de l'école.

— Oui, soupirai-je.

— Tu t'inscris à l'après-bal ?

— Justement, il faut que j'en parle à...

Je m'interrompis en lui faisant un signe de tête en direction de Josiane.

— Arrêtez vos manigances ! Vous êtes ridicules, intervint Josiane en levant les yeux de ses livres de classe.

Marie-Ève me jeta un regard incertain.

— J'ai un problème urgent à régler. Et je vais avoir besoin de votre aide. Je peux compter sur vous ? fit Josiane.

— Tout ce que tu veux, répondis-je.

— C'est sûr, affirma Marie-Ève.

— Je n'ai pas de cavalier pour le bal. Il n'est absolument pas question que j'y aille toute seule.

— Quel est ton plan ? me devança Èvie.

— Je vais au *party* de Nic samedi soir. J'aimerais que vous m'accompagniez.

– Demain ? hésita Èvie, plus aussi sûre.

– Allez, insista Josiane. Viens avec Dan.

Marie-Ève se rongea un ongle.

– Nous avions prévu autre chose...

– Tu n'es pas obligée de rester jusqu'à la fin.

– Je vais lui en parler, concéda-t-elle.

– Et toi ? reprit Josiane en me regardant.

– Je suis partante, répondis-je en levant la main.

– Tope là ! dit Jo.

Le pacte se scella dans le bruit que firent nos mains.

– Depuis quand tu as besoin de nous pour aller à un *party* ? demanda Marie-Ève, curieuse.

– Depuis le poisson d'avril...

L'histoire de Lysane avait fait le tour de l'école. C'était une fille plutôt coincée de nature. Émilie, une de ses amies (certainement pas une de ses meilleures) lui avait fait une blague de mauvais goût pour souligner le premier jour du mois d'avril.

En résumé, Émilie avait écrit une lettre à Lysane en se faisant passer pour un soi-disant prétendant qui voulait l'accompagner au bal des finissants. L'anonymat était conservé sous prétexte que le prétendant serait moins humilié en cas de refus.

# L♥ve zone

C'est aussi pour cette raison que la réponse de Lysane devait lui parvenir par courriel. Elle souscrivit à cet arrangement et lui écrivit qu'elle accepterait à condition qu'il ne soit ni TROP gros, ni TROP laid, ni TROP petit !

Malheureusement, l'histoire s'est ébruitée, Émilie ayant « gentiment » fait circuler le courriel. C'est devenu le *running gag* des filles. Lysane était devenue, bien malgré elle, la risée de tous… Et plus aucun gars de l'école n'osera maintenant l'inviter, de peur de se faire étiqueter comme un gars POTENTIELLEMENT « gros, laid ou petit ». Je me demande même si Lysane vient toujours au bal.

– Le bal est dans un mois, expliqua Josiane. J'étais supposée y aller avec Jean-Yves, mais je ne veux plus rien savoir de lui. J'espère trouver un remplaçant au *party* sans que ça paraisse trop. Vous comprenez, les filles ?

Que oui ! Nous lui fîmes la promesse de faire un saut au *party*. Josiane nous en fut reconnaissante.

*\*\*\**

Dès que j'arrivai de l'école, je me jetai sur l'ordinateur. Quand j'eus Pierre-Olivier en ligne, je composai son numéro de téléphone. Je devais faire vite, car il devait bientôt partir pour le boulot.

– Salut, c'est moi ! dis-je en regardant son image sur l'écran.

– Salut, ma biche.

J'adorais quand il m'appelait ainsi. Il avait trouvé ce surnom exprès pour faire rimer avec Mich.

– J'ai hâte de te voir, susurrai-je.

– Et moi donc ! répondit-il, la voix caressante. Je compte les dodos.

– Tu es fou, gloussai-je.

– Ouais, fou de toi, riposta-t-il du tac au tac.

– Tant que ça ?

– Gare à toi, Mich, parce que, dimanche, j'ai l'intention de te le prouver.

– Comment ? le relançai-je, coquine.

– Comme j'ai terriblement envie de t'embrasser et que je suis en manque, je te sauterai dessus dès que je te verrai.

– Belle démonstration de folie, dis-je ironiquement.

– Ne me provoquez pas, belle demoiselle. Vous risquez votre innocence en jouant avec le loup, proféra-t-il en guise d'avertissement.

Je savais que je jouais avec le feu, mais je ne pouvais pas m'en empêcher. Il y avait suffisamment de distance entre nous pour pousser l'insolence un peu plus loin, sans danger.

– Je suis ta biche, après tout, ricanai-je.

# L♥ve zone

– Attention, je vais te manger tout cru !

– Tout cru ou toute nue ?

Il resta immobile, le regard vissé sur la caméra.

J'avais poussé la rime trop loin. Il était grand temps de changer de sujet.

– Jo m'a demandé de l'accompagner à un *party* samedi soir. Je ne pense pas rentrer assez tôt pour te parler.

Il marqua une pause avant de me répondre laconiquement :

– Amuse-toi bien.

J'étais rassurée. Pierre-Olivier n'avait pas l'air d'être possessif. Je n'aurais pas pu supporter cela une deuxième fois.

– Il faut que j'y aille. Je suis en retard.

– Je t'embrasse, fis-je, en lui soufflant un baiser imaginaire avec ma main.

Il fit semblant de l'attraper dans les airs.

– Moi aussi, rajouta-t-il avant de raccrocher.

Il leva lentement sa main pour déposer le baiser invisible sur son visage en une lente caresse qui se termina un peu plus bas. Pendant ce temps, il ne cessa de me regarder d'une manière provocante, sachant très bien l'effet qu'il produisait sur moi. Puis il se déconnecta. J'eus une bouffée de chaleur. Ce geste laissait entendre sa soif de découverte. Nous savions tous les deux que, pour l'instant, je m'en tiendrais là. Il s'avérait toutefois que j'avais de la difficulté à lui résister. Quand il m'étouffait de ses baisers, mon corps entrait en transe. Et je devais y mettre toute ma volonté pour l'arrêter.

Avec tout ça, j'avais complètement oublié de lui parler du bal.

***

Il y avait foule, chez Nic, ce soir-là. Tout le monde s'était donné le mot pour être présent. Il faut dire que Nic avait la maison idéale pour recevoir. Une maison de plain-pied avec un immense sous-sol, à seulement cinq minutes du métro Cartier, à Laval.

Josiane et moi nous promenions d'un groupe à l'autre à la recherche de connaissances. Marie-Ève n'était pas encore arrivée.

– Quand tu auras une chance, regarde le groupe de gars qui se trouvent derrière toi, me glissa discrètement Josiane à l'oreille. Pas tout de suite !

J'attendis quelques secondes avant de me retourner de manière calculée afin que cela paraisse naturel. J'aperçus immédiatement le groupe en question.

– Tu vois le plus grand ? poursuivit Jo en regardant ailleurs.

– Oui.

– Tu ne trouves pas qu'il ferait un beau cavalier au bal ? Il s'appelle Yan et c'est le meilleur ami de Nic.

– Comment vas-tu t'y prendre ? demandai-je.

Elle fit une pause.

– Nic t'aime bien, argumenta-t-elle en reportant sur moi ses yeux remplis d'espoir.

– Dans quoi est-ce que tu veux m'embarquer ? murmurai-je, un tantinet tendue.

– Nous sommes chez Nic, non ? argumenta-t-elle d'un ton faussement innocent. Tu auras tout bonnement à engager la conversation avec lui. Il nous présentera sûrement ses amis…

– Tout bonnement, raillai-je. Tu es drôle, toi !

– Tu t'en sortiras très bien, essaya-t-elle de me convaincre.

– Si, je te dis bien SI j'arrive à manœuvrer pour que Nic nous présente ses amis, qu'est-ce que je suis censée faire ensuite ?

– À partir de ce moment-là, tu seras *out*, répondit-elle. Ce sera à moi de jouer.

En attendant, j'étais *in*. Décidément, qu'est-ce qu'on ne ferait pas pour une amie !

– Jo, va à la toilette, ordonnai-je. Pendant ce temps-là, je peaufinerai ma technique d'approche.

— Je savais que je pouvais compter sur toi, dit-elle en s'exécutant sur-le-champ, ravie que je prenne les choses en main.

Je restai immobile quelques secondes. Puis, je pris rapidement une décision. D'un pas décidé, je me dirigeai vers Nic. Il me vit arriver, ce qui me facilita la tâche.

— Ça va, Mich ? s'écria-t-il en s'écartant de sa *gang*.

— Bien, et toi ?

— Tout le monde s'amuse, répondit-il en hochant la tête.

Il parcourut la pièce du regard. Quelqu'un monta le volume de la musique. Plusieurs réagirent immédiatement en poussant des cris d'approbation.

— Je peux te demander un service ? me décidai-je.

— Certainement.

— Tu pourrais présenter Yan à Jo ?

— Pas de problème !

— Il ne faut pas que ça paraisse arrangé, ajoutai-je, embarrassée.

— Si je comprends bien, tu me demandes de présenter Poirier à ton amie sans qu'il sache que cette demande vient d'elle.

– Tu as tout compris. Sauf que Jo elle-même ne doit pas savoir que je t'ai directement demandé d'intervenir. J'étais censée le faire subtilement.

– Et où est ta copine ?

– Justement, elle arrive, m'empressai-je de lui dire en la voyant se frayer un chemin vers nous.

– Regarde-moi faire.

Nic me fit un clin d'œil complice en me prenant par le bras pour m'entraîner à l'endroit où se tenait sa *gang*. Le temps qu'il me présente à tous (y compris au Yan en question), Josiane nous avait rejoints. L'occasion fut donc fournie à Nic de faire les présentations dans les règles.

Un vrai pro ! Je n'aurais jamais pu faire mieux ! Un sourire de connivence sur les lèvres, je regardai Nic avec reconnaissance. Il bomba le torse comme un jeune coq qui se pavane dans l'arène.

Josiane amorça une discussion animée avec son futur cavalier, sans que ni l'un ni l'autre ne sachent vraiment le rôle que nous avions joué dans cette rencontre que l'on ne saurait qualifier de fortuite.

Nic profita de la diversion pour m'aborder une fois de plus.

– Au fait, moi aussi j'ai quelque chose à te demander.

– Un service ? supposai-je en toute innocence, prête à lui venir en aide à mon tour.

– Pas vraiment.

J'attendis qu'il s'explique, ce qui ne tarda point.

– Si tu es libre et si tu le veux... j'aimerais que tu m'accompagnes au bal.

Pourquoi étais-je surprise ?

Quelle ironie ! Pendant que certaines filles (notamment Josiane) se cherchaient désespérément un cavalier, moi, j'avais l'embarras du choix.

– Je sors présentement avec quelqu'un..., commençai-je, avant de m'interrompre, un peu embarrassée.

– Tu n'es donc pas libre, conclut-il à ma place.

– Désolée.

– Un gars s'essaye, dit-il en me faisant un clin d'œil.

Lorsqu'un de ses amis l'interpella, il saisit l'occasion pour s'éloigner aussitôt.

Un peu plus tard, Marie-Ève se pointa le bout du nez. Je lui fis signe immédiatement. Elle me dit, en aparté :

– Ça y est ?

– Comme tu peux voir.

– Je savais qu'elle n'avait pas besoin de nous...

# L♥ve zone

– Elle a quand même eu besoin d'un petit coup de pouce, rectifiai-je.

– J'arrive donc trop tard, constata-t-elle.

– Mieux vaut tard que jamais. Jo appréciera ta présence.

– Elle est mieux de la remarquer, soupira Marie-Ève. Ça m'a coûté cher...

Je la regardai en fronçant les sourcils.

– Mon *chum* pense que je me suis dégonflée, enchaîna-t-elle.

– Dégonflée ?

Marie-Ève s'agitait. Je sentais qu'elle n'était pas très à l'aise. Elle se tourna brusquement vers moi et se décida à parler :

– Dan et moi avions décidé de passer à l'étape suivante.

Je restai un moment sans comprendre. Puis soudain, tout s'éclaira.

– Tu veux dire que ce soir, tu devais... tu étais prête pour...

– Le sexe, poursuivit-elle.

Je la fixai, la bouche ouverte.

– Nous avions tout prévu. Je devais le rejoindre chez lui. Ses parents sont dans les Laurentides. Ils reviennent demain en fin de journée. Nous allions enfin être seuls. C'était l'occasion rêvée, tu comprends ?

– Avais-tu l'intention de passer toute la nuit avec lui ?

– Oui.

– Qu'est-ce que tu comptais raconter à ta mère ?

– Un mensonge, bien sûr. Tu me vois en train de lui dire : « Maman, ne m'attends pas ce soir, je passe la nuit chez Dan » ? Impossible ! Elle me considère encore comme une petite fille.

– Quelle excuse avais-tu trouvée ?

– Je couchais chez toi. Mais voilà, je suis ici au lieu d'être avec mon *chum*, conclut Marie-Ève d'un air malheureux.

– Rien ne t'empêche de t'éclipser après avoir fait acte de présence ici, lui suggérai-je malicieusement.

– Je ne sais pas. Dan était un peu fâché que je le plante là pour venir à la rescousse d'une amie. Depuis le temps qu'il m'achale avec ça, soupira-t-elle, manifestement dépitée.

– Tu hésitais et il insistait ?

– Oui et non... j'ai surtout peur.

– Moi aussi, avouai-je.

Ce fut au tour de Marie-Ève d'afficher la surprise.

– Tu en es déjà rendue là avec P.-O. ?

– Pas tout à fait, mais j'y pense.

# L♥ve zone

– Il te fait de l'effet, celui-là, commenta-t-elle avec un sourire en coin.

Curieusement, cette simple petite remarque détendit l'atmosphère entre nous.

– Oh oui, affirmai-je, le sourire aux lèvres. Je ne m'attendais tellement pas à ça. Je n'ai pas le goût d'être raisonnable quand je suis dans ses bras. On dirait que je ne me contrôle plus.

– J'espère que tu prends la pilule.

– Pas encore.

– Ne tarde pas trop, Mich, tout va plus vite qu'on pense. Crois-moi, je sais de quoi je parle.

– De quoi as-tu peur, alors ?

– D'avoir mal. J'ai entendu dire que la première fois, c'est plutôt douloureux.

– Ha…

Envisager la question sexuelle sous cet angle refroidissait quelque peu mes ardeurs.

– Oui, mais… s'il te fait de l'effet au point que tu en perds la tête, où est le problème ? demandai-je judicieusement. Laisse-le continuer tant et aussi longtemps que tu as le goût. Arrête-le dès que tu as mal. C'est tout. Dan comprendra. Il a bien fallu qu'il se retienne jusqu'à présent. Et puis après, ce n'est que partie remise, non ?

Marie-Ève me coula un regard incrédule.

— As-tu déjà envisagé une carrière en psychologie ?

— Arrête donc ! dis-je, les yeux en l'air.

— Sérieux, riposta Marie-Ève. Tu es douée.

— Ne le fais pas trop attendre, lui conseillai-je en la poussant gentiment dans le dos.

— Je dis bonjour à Jo, puis j'y vais.

— Tu vas me tenir au courant du dénouement de la soirée ?

— Hum, fit-elle, évasive.

Elle trépignait soudain d'impatience. Je voyais bien qu'elle ne tenait plus en place.

— Allez ! m'exclamai-je pour l'encourager.

Elle fit deux pas, puis se retourna pour me dire une dernière chose :

— Lundi sans faute, nous irons voir l'infirmière de l'école.

Je la vis se fondre dans la foule tandis que je réfléchissais.

Marie-Ève sortait avec Daniel depuis plus d'un an, et moi, je sortais avec Pierre-Olivier depuis quelques semaines, pourtant nous étions presque rendues au même point. Nos parcours étaient tout simplement différents. Pourquoi avais-je le goût d'aller toujours plus loin avec P.-O., alors qu'il n'y avait pas si longtemps encore, je me retenais avec Lenny ?

# L♥ve zone

Les deux disaient m'aimer, sauf qu'avec Pierre-Olivier, ça prenait un tout autre sens. Il ne se contentait pas de me le dire en mots : ses yeux et tout son corps me le criaient. Il se retenait. Du moins, il essayait. Cependant, plus il se retenait, plus son désir transpirait, et plus j'avais le goût de le provoquer, de le séduire. De là étaient nées nos petites joutes verbales pas très innocentes.

Prendre la pilule anticonceptionnelle était selon moi une décision qui ne devait pas être prise à la légère. Beaucoup de filles à l'école passaient par l'infirmière pour obtenir certains échantillons gratuits, remettant à plus tard l'inévitable discussion avec les parents. Or, entre ma mère et une parfaite inconnue, il me semble que la balance devait plutôt pencher vers celle en qui j'avais entièrement confiance. Même s'il s'agissait d'un sujet gênant, ma mère demeurait mon alliée la plus sûre pour m'aider à franchir les portes ce monde mystérieux qu'était celui des adultes.

# -12-

## Sens dessus dessous

Mai 2009

Le lendemain du *party*, pendant que j'attendais P.-O., je réfléchissais à tout ce que m'avait dit Marie-Ève. Comme elle ne me donnait pas signe de vie, je supposais qu'elle était toujours avec son Dan.

Sur ces entrefaites, Josiane m'appela.

– Merci, Mich, pour le coup de main, hier.

– Et puis ?

– Il m'a demandé mon numéro de téléphone, m'apprit-elle, triomphante.

– Yé ! ! !

– Comment tu le trouves ?

– L'important, ce n'est pas mon opinion, mais la tienne, dis-je, en lui balançant textuellement la réponse de ma mère à la même question.

Jo sembla s'en contenter, puisqu'elle enchaîna sur un autre sujet :

– Èvie est partie pas mal vite, hier soir. Je vais l'appeler...

– Si j'étais toi, j'attendrais, coupai-je.

– Pourquoi ?

Je n'avais pas le choix ; je devais lui en dire au moins un peu, sinon elle risquait de tomber sur la mère d'Èvie et compromettre son excuse.

– Écoute, commençai-je, Èvie a dit à sa mère qu'elle couchait chez moi.

– Passe-la-moi, alors.

– Elle n'est pas là.

– Où est-elle ?

– Euh...

Elle n'était pas vite, ce matin !

– Oh !

Ça venait tranquillement.

– NON !?

Elle se réveillait enfin.

– Elle a couché chez son *chum* ! Pourquoi ne m'a-t-elle rien dit ?

– Tu étais occupée, fis-je remarquer.

– Je comprends, maintenant, pourquoi elle n'était pas enjouée à l'idée de venir chez Nic. Qu'est-ce qu'elle t'a raconté ?

– Pas grand-chose, éludai-je. Tu sais comment elle est.

– Oui, mais elle a sûrement donné quelques détails. Alors, accouche.

Il n'y avait rien à faire. J'étais incapable de cacher des infos concernant notre trio à l'une d'entre nous. Je lui racontai tout ce que je savais.

– Tu imagines ? dit Josiane, qui n'en revenait pas. Elle n'est peut-être plus vierge !

Quelle drôle d'idée ! N'empêche qu'elle n'avait peut-être pas tort...

\*\*\*

P.-O. arriva peu de temps après. Il me demanda comment s'était passée ma soirée. Je lui racontai les manigances de Josiane pour se dénicher un gars avant le bal de fin d'année.

– Une fille comme Josiane n'aura pas de trouble à se trouver quelqu'un pour l'accompagner, affirma P.-O.

– Elle a cassé avec son dernier *chum* et il ne reste plus qu'un mois avant la date fatidique. C'est court pour trouver un remplaçant. Plus le temps avance, plus le choix est limité. Il faut qu'elle fasse vite.

– Es-tu en train de me dire qu'il y a longtemps que la plupart des gars ont demandé à une fille de les accompagner au bal ?

– Bien sûr, m'exclamai-je, un peu surprise qu'il souligne l'évidence même.

– Qui t'accompagne ?

Vlan, en pleine figure !

– Tu ne vas pas me dire que personne ne t'a demandé ?

Une petite voix intérieure m'exhortait à réagir par la bravade. Étaient-ce des réflexes qui me venaient de mon ancienne relation amoureuse ?

– Ça te dérangerait si j'accompagnais un ami au bal ?

– Et toi ? répliqua-t-il, du tac au tac.

J'avais oublié qu'il était finissant, lui aussi. Étrange, tout de même, que nous n'ayons pas encore abordé le sujet ! Je dois dire que l'idée qu'il accompagne une autre fille, copine ou non, ne me plaisait pas trop.

– Tu vas arrêter de me répondre par des questions ? rétorquai-je.

# L♥ve zone

Il s'approcha de moi pour me prendre dans ses bras. Je me laissai faire.

– En avril, quand j'essayais de t'oublier, j'ai demandé à une fille de l'école de m'accompagner.

– Elle a accepté ?

– Oui, répondit-il en baisant délicatement mes lèvres. Mais je me suis désisté lorsque tu as accepté de sortir avec moi.

– Pauvre elle ! m'exclamai-je, pas du tout désolée. Comment a-t-elle pris ça ?

– C'est connu, les filles sont romantiques. Quand je lui ai raconté mon histoire, elle a compris qu'elle n'avait pas une seule petite chance contre toi, expliqua-t-il en me bécotant de plus belle.

Je commençais à fondre dans ses bras. Je devais clore cette discussion une fois pour toutes.

– C'est Nic qui me l'a demandé, hier soir, figure-toi, dis-je en m'écartant de P.-O.

– Qu'as-tu répondu ?

– Que je n'étais pas libre.

Il avait ce regard indéfinissable.

– Deux bals plutôt qu'un, alors !

– Quelle date tombe le tien ?

Trois jours séparaient nos bals respectifs. Nous allions être fatigués, mais cela restait faisable.

Le reste de la matinée passa très vite. Ma mère travaillait à la bibliothèque cette fin de semaine, elle était donc partie à midi. Mon père, qui d'habitude était pantouflard le dimanche, se décida à faire les commissions (il faut dire que le réfrigérateur était vide). Mon frère avait découché la veille. J'évaluais que nous avions au moins une heure tranquille pour nous.

Nous ne perdîmes pas de temps. Nous nous jetâmes l'un sur l'autre aussitôt que mon père ferma la porte d'entrée.

Pierre-Olivier embrassait tellement bien ! Je me blottissais contre lui en quête de caresses.

– Je t'aime, souffla-t-il, après un baiser particulièrement long.

Nous étions allongés sur mon lit. Je me serrai davantage, cachant mon visage dans son cou. Je lui donnai une série de petits bisous en remontant vers son oreille, que je me mis à mordiller avant de chuchoter son nom.

– Hum..., fit-il, les yeux fermés.

– Je suis tellement bien avec toi, soupirai-je, heureuse.

– Moi aussi, dit-il en me renversant sur le dos.

– Je ne me suis jamais sentie aussi bien avec personne d'autre.

– Je te désire depuis tellement longtemps, Mich, que je n'arrive toujours pas à croire la chance que j'ai de t'avoir enfin dans mes bras, renchérit-il en écartant tendrement une mèche de cheveux de mon visage.

– Je t'aime.

Il se figea dans mes bras.

– Répète-moi ça, ordonna-t-il.

– Tu as très bien entendu, chuchotai-je.

– S'il te plaît, me pria-t-il en y mettant toute la douceur dont il était capable.

– Je t'aime, Pierre-Olivier.

Il me regarda, soudain grave.

– Je pensais que tu n'allais jamais le dire.

– Pourquoi ?

– Contrairement à la majorité de ceux que je fréquente, qui parlent à tort et à travers, toi, tu réfléchis avant d'ouvrir la bouche.

– Comment tu sais ça ? demandai-je en le basculant à mon tour.

– J'ai eu tout le temps de le constater, depuis le temps que je te connais...

J'écrasai mon corps sur le sien.

– Gare au loup, Mich ! m'avertit-il, le souffle court.

– Tu ne feras pas de mal à ta biche, tout de même ? minaudai-je dangereusement, sans pouvoir m'en empêcher.

– Je ne te ferai jamais mal, tu peux en être sûre... Mais je t'avertis que je préférerais te manger toute nue si tu me laissais faire.

Je sentis la dureté de son sexe contre ma jambe.

– Ah oui ? l'agaçai-je, pour voir jusqu'où il irait.

– Nous pourrions y aller graduellement, suggéra-t-il.

– C'est-à-dire ?

– Commencer par le haut..., poursuivit-il, en se passant la langue sur les lèvres.

C'est fou ce qu'il était *sexy* ! J'étais très excitée.

– Tu veux te rincer l'œil, l'accusai-je, faussement outrée.

– Que tu le veuilles ou non, tu m'en mets déjà plein la vue.

– Embrasse-moi, exigeai-je impérieusement.

Il s'empara de mes lèvres avec empressement. Je commençai à tortiller mes hanches, presque malgré moi. Comme nous étions à bout de souffle, nos lèvres se séparèrent. Il avait les joues rouges et j'étais essoufflée. Nous nous regardions dans les yeux, attendant de voir ce que l'autre allait faire ensuite.

– Enlève ton chandail, lui demandai-je en m'asseyant en face de lui.

Il s'exécuta immédiatement. De le voir ainsi nu jusqu'à la ceinture jeta de l'huile sur le feu. Je tendis la main pour le caresser. Il me prit dans ses bras et me serra très fort contre lui. Je sentis sa main glisser sous mon chandail et remonter dans mon dos vers l'agrafe de mon soutien-gorge, qu'il défit sans trop de difficulté. Mon souffle s'accéléra davantage. Il poussa l'audace en tirant vers le haut le tissu encombrant, afin d'écraser ma poitrine sur son torse chaud. Que c'était bon !

– Je peux les voir ? demanda-t-il.

– Je suis gênée…

– Tu ne devrais pas, dit-il simplement, la tête enfouie dans mes cheveux.

– D'abord, tourne-toi.

Il s'empressa de m'obéir. Quand il eut le dos tourné, je passai le chandail par-dessus ma tête et envoyai valser le soutien-gorge. Incapable de prononcer un mot, je déposai ma main sur son épaule.

Il se retourna. Ce que je vis dans ses yeux provoqua dans tout mon corps une irrésistible sensation de chaleur. J'étais comme ivre. Lorsqu'il me toucha, j'eus soudain le besoin impérieux d'étancher ma soif de lui.

Ce qui se passa ensuite, je ne saurais te le raconter, cher lecteur. Je peux juste te dire que je ne sais pas jusqu'où nous serions rendus si mon frère n'avait pas choisi cet instant pour faire son entrée. Heureusement, il avait ses écouteurs MP3 dans les oreilles. C'est probablement pour cette raison qu'il n'a pas remarqué immédiatement notre présence.

P.-O. a repris ses esprits plus rapidement que moi. Il s'est levé d'un bond, a récupéré mes vêtements éparpillés avant d'enfiler vite fait son propre chandail, et ce, en l'espace de quelques secondes seulement. J'allumai mon ordinateur, afin de donner l'illusion d'enfants sages (ce que nous étions loin d'être).

Nous passâmes le reste de la journée vissés l'un à l'autre, incapables de nous éloigner de plus de quelques centimètres. D'ailleurs, la séparation fut particulièrement pénible lorsque vint le temps pour P.-O. de partir.

Ma mère arriva du boulot tard dans la soirée. J'étais dans ma chambre à me morfondre.

Comme elle passait devant ma porte sans s'arrêter, je pris rapidement une décision.

– M'man ?

Je l'entendis revenir sur ses pas. Elle ouvrit ma porte et chuchota :

– Bonsoir, mon ange, je pensais que tu dormais.

– Pas capable de dormir.

– Tu as passé une belle journée ?

# L♥ve zone

– Ouais. Et toi ?

– Occupée.

– Je peux te parler ?

– Certainement.

– Entre et ferme la porte.

Elle vint s'asseoir au pied de mon lit. Je n'y allai pas par quatre chemins.

– J'aimerais prendre la pilule.

– Demain, je vais appeler notre médecin de famille pour t'obtenir un rendez-vous, dit-elle, aussi calmement que si elle parlait de la pluie et du beau temps.

Ma mère me surprendra toujours.

– Je n'aurai pas un examen... tu sais...

– Je ne pense pas qu'il te fera immédiatement un examen gynécologique, si c'est ce que tu veux dire.

Fiou ! Je ne suis même pas certaine de vouloir ouvrir mes cuisses devant mon *chum*, alors encore moins devant le médecin !

– Quand serai-je protégée après avoir pris la première pilule ?

– Je ne suis pas certaine, mais je pense qu'après un mois, tout est correct. Pose cette question au médecin. Il faut cependant que tu utilises aussi le condom...

– M'man ! m'écriai-je, gênée qu'elle entre avec autant de précision dans les détails.

– La pilule protège de la maternité, le condom protège contre les MTS, poursuivit ma mère en faisant fi de ma réaction.

– Je sais tout ça ! intervins-je. Je ne suis tout simplement pas encore prête... tu sais..., marmonnai-je.

– Tu ne dois jamais sous-estimer le pouvoir des sens, Mich. Il faut que tu sois protégée adéquatement avant qu'il arrive quelque chose.

Être aux prises avec le pouvoir des sens ? Je ne veux même pas imaginer ma mère avec ce « problème ».

– Je comprends, m'empressai-je de lui répondre avant qu'elle aille en profondeur dans ses explications.

Elle se leva et se dirigea vers la porte.

– Bonne nuit, dit-elle, la main sur la poignée.

– M'man ?

– Oui ?

– Ne le dis pas à papa.

# L♥ve zone

– D'accord.

– Tu ne t'inquiètes pas pour moi, hein ?

– Au contraire, Tu m'as rassurée. Je trouve que tu agis en personne responsable... Une seule chose me préoccupe.

– Quoi ?

– Le jour où tu te décideras à faire l'amour, jure-moi que tu seras entièrement prête et consentante, sans subir aucune pression de quiconque.

– Je te le jure.

– Alors, je peux aller dormir sur mes deux oreilles. Bonne nuit, mon ange, conclut-elle en ouvrant la porte.

– Tu es une mère formidable, ajoutai-je dans un élan d'infinie reconnaissance.

– Et toi, tu es ma fille adorée.

## -13-
## Prête, pas prête ?

Mai 2009

Ma mère avait tenu parole. Quelques jours plus tard, je revins de chez le médecin avec mon ordonnance de pilules anticonceptionnelles. L'entretien s'était avéré beaucoup moins gênant que je me l'étais imaginé. Le médecin avait montré son efficacité et son professionnalisme tout en restant délicat et attentif. Je ne sais pas si cela avait à voir avec le fait que j'avais décidé de prendre la pilule, toujours est-il que j'avais eu l'impression d'avoir ma première discussion d'égal à égal avec un adulte.

Je n'avais pas encore informé Pierre-Olivier de ma démarche.

Nous n'avions pas reparlé ouvertement de notre petite aventure. J'avais cru remarquer une ou deux allusions de sa part, mais il ne s'y était pas risqué davantage. Il faut dire que j'avais effectivement quelques scrupules à y repenser, maintenant que j'avais repris le contrôle de mon corps dévergondé et de mon esprit indocile.

Je ne m'étais pas montrée plus bavarde avec mes amies. Marie-Ève avait complètement oublié l'infirmière en ce début de semaine. Il faut dire qu'elle avait autre chose en tête. Nous lui sommes tombées dessus dès que nous la vîmes.

– Et puis ? s'empressa de demander Josiane.

Elle nous a d'abord regardées sans rien dire, pour finalement hocher la tête.

– Comment ça s'est passé ? s'enquit Josiane.

– Bien, répondit Èvie.

– C'est tout ?

– Bien, c'est toujours mieux que mal, non ? fis-je remarquer pour masquer la déception de Jo.

Èvie eut un sourire de connivence. C'était bon signe. Josiane se méprit sur le sens de la phrase en reprenant de plus belle :

– Tu as raison. Il y a des filles qui ont détesté leur première relation sexuelle. Une fille m'a même dit qu'elle avait beaucoup saigné.

Èvie jetait des regards embarrassés autour d'elle. Elle fut sauvée par la cloche qui sonnait le début des cours.

Après le cours de la troisième période que nous avions ensemble, Marie-Ève et moi, nous eûmes l'occasion de parler en privé. Sans entrer dans les détails (ce que je comprenais parfaitement), elle m'expliqua qu'elle avait suivi mon conseil.

Marie-Ève avait cogné à la porte de Daniel. Il avait été un peu surpris de la voir revenir si vite, mais surtout soulagé qu'elle ne lui ait pas tenu rigueur de sa mauvaise humeur.

# L♥ve zone

Au dire d'Èvie, ils se seraient ensuite tombés dans les bras en se disant plein de mots doux que seuls les amoureux peuvent se dire sans avoir l'air ridicule.

Portée par un sentiment plus grand que nature, Marie-Ève n'avait écouté que son cœur. Dan avait réagi au quart de tour. Tout le monde connaît le reste de l'équation.

Je ne pus quand même pas m'empêcher de lui poser une question que je jugeais de première importance :

– Il t'a fait mal ?

– Un peu.

Je dus paraître inquiète, car elle poursuivit aussitôt :

– Au début, surtout. D'ailleurs, je n'ai pas eu besoin de dire à Dan d'arrêter, il a vite compris dès qu'il a vu les draps tachés.

– Tu as saigné ? dis-je, catastrophée.

– Presque rien, reconnut-elle.

– Ça ne t'a pas refroidie ?

– Nous avions toute la nuit devant nous. Et nous n'avions pas, ni l'un ni l'autre, envie de dormir. Dan était craquant. Il m'entourait de mille attentions comme si j'étais la personne la plus précieuse sur terre. Il ne voulait surtout pas me faire mal. Je te jure qu'il n'aurait rien fait d'autre si je ne l'avais pas agacé intentionnellement, si tu vois ce que je veux dire ?

Je voyais très bien.

– C'était comment ?

– C'était bizarre… Je ne savais pas à quoi m'attendre, mais en même temps… tout s'est fait naturellement… Je ne sais pas comment te l'expliquer, conclut-elle en haussant les épaules.

Je l'observais pendant tout ce temps. Elle ne semblait pas avoir vécu une mauvaise expérience. Au contraire, elle avait le teint rosé (la gêne aurait pu en être la cause, mais je crois qu'un tout autre sentiment l'habitait). Elle affichait le même air sérieux que je lui connaissais depuis toujours, mais avec un je-ne-sais-quoi d'inhabituel en plus.

Une publicité de loterie me vint en tête, par analogie. Si on remplace l'argent par le sexe, on obtient le même effet : « Ça ne change pas le monde, sauf que… »

Dès que Marie-Ève vit Dan se pointer au bout du corridor, elle me quitta sans même me dire au revoir. Ils s'embrassèrent sans se préoccuper de leur entourage. Il devint clair pour tous les témoins de la scène que ces deux-là étaient follement amoureux.

*** 

Le samedi suivant, Pierre-Olivier s'arrangea pour qu'on se voie deux jours d'affilée, en allant coucher chez un de ses amis. Il s'appelait Brian Lachapelle. Il le connaissait depuis l'enfance. Ses parents étaient divorcés depuis plusieurs années, et Brian était justement chez son père, à Montréal, cette fin de semaine-là.

# L♥ve zone

Ça tombait bien, mes parents sortaient. Ils allaient passer la soirée chez ma tante Céline, la sœur de ma mère. P.-O. arriva chez moi en début de soirée. Nous étions seuls.

– Comment va ma biche ? me souffla-t-il comme entrée en matière.

– Bien, répondis-je d'une voix cajoleuse.

Il passa une main dans mon dos pour m'approcher de lui, impatient de m'embrasser.

– Ça faisait longtemps, dit-il.

– Presque une semaine, précisai-je.

– La semaine la plus longue de ma vie.

– Oui, mais tu t'es débrouillé pour que nous passions plus de temps ensemble.

– Te voir une fois par semaine, ce n'est pas assez, susurra-t-il en me caressant le dos.

– À quelle heure dois-tu rejoindre ton ami ?

– Nous avons toute la soirée devant nous. Tes parents reviendront à quelle heure ?

– Tout dépend de mon père. S'il est en forme, ils peuvent revenir dans la nuit. S'il est fatigué, ils arriveront avant minuit.

– Est-ce qu'ils savent que je suis là ?

– Ma mère est au courant.

Sans crier gare, il me prit à bras-le-corps pour me soulever dans les airs. Je riais en lui agrippant les épaules. Pierre-Olivier me transporta jusqu'à ma chambre, pour me lâcher sans ménagement sur le lit comme une vulgaire poche de patates. Il se laissa tomber sur moi et commença à me donner de gros becs sonores. Je riais de plus belle en essayant de l'éviter, car il me chatouillait. Il coinça mes mains qui le repoussaient par jeu, puis me regarda d'un air vorace.

– Je te défends de m'embrasser, l'avertis-je, mi-sérieuse.

– Pourquoi je me gênerais ?

Sa bouche cherchait la mienne qui se défilait sous l'assaut. Plus j'essayais de me déprendre, plus il resserrait sa prise. J'ouvrais les lèvres pour protester quand il me fit taire d'un long baiser.

Le corps de P.-O. s'appesantissait sur moi au fur et à mesure que ses lèvres s'enhardissaient. Libérées de toute entrave, mes mains se glissèrent dans ses cheveux.

– Dis-le-moi, murmura Pierre-Olivier contre mes lèvres pendant que nous reprenions notre souffle.

Je savais très exactement ce qu'il voulait entendre.

– Je t'aime.

Il caressa tendrement mon visage.

# L♥ve zone

– Ton tour, maintenant, soufflai-je.

– Je t'aime, murmura-t-il en déposant un baiser sur le bout de mon nez.

– Je t'aime, je t'aime, répéta-t-il en boucle, posant ses lèvres un peu partout sur mon visage et, pour finir, sur ma bouche.

D'abord raisonnables, ses mains me caressèrent par-dessus mes vêtements. Puis, irrésistiblement, elles s'insinuèrent en dessous.

Il détacha brusquement sa bouche de la mienne, le souffle court.

– Mich, gémit-il.

– Chut ! fis-je en l'attirant vers moi, agissant de ma propre initiative.

Je ne voulais plus qu'il arrête de m'embrasser.

– C'est trop dur, jeta-t-il.

Je reçus son commentaire comme une douche froide.

– Qu'est-ce que tu entends par là ? demandai-je en me relevant, soudain honteuse, ne sachant trop pourquoi.

– Nous n'en avons pas encore parlé... pas directement, commença-t-il.

Il se rapprocha de moi et il me prit la main pour se donner du courage, ou pour atténuer le choc de ce qui allait suivre.

– Je t'aime, Mich, tellement que ça me fait peur... J'aimerais te faire l'amour…

– Pierre-Olivier, je...

– Attends ! Je n'ai pas fini !

Il regardait nos mains réunies. Machinalement, de son pouce, il massait la paume de ma main. Il ne pouvait pas savoir que ce simple geste, anodin en apparence, me faisait autant d'effet qu'une caresse intime.

– Je te fais l'amour en rêve depuis si longtemps que c'est normal que je brûle de désir lorsque tu es là. Cela ne veut pas dire que si je suis prêt, toi, tu l'es ! poursuivit-il résolument. Et rassure-toi, je ne te presse pas... T'embrasser, ce n'est pas un problème, j'en ai besoin autant que de respirer. Mais si je te touche...

Il leva vers moi un regard implorant. S'il ne m'avait pas déjà conquise, je l'aurais été sur-le-champ !

– ... alors là, je suis perdu. Tu as vu la semaine passée ? J'étais incapable de m'arrêter. Il a fallu que ton frère débarque pour que je me ressaisisse.

Il se pencha pour m'embrasser. Une façon simple mais drôlement efficace de savoir si j'étais réceptive à ses paroles. Rasséréné, il reprit son explication.

# L♥ve zone

– Tu n'as pas la moindre idée de l'emprise que tu as sur moi. Je ne veux pas aller trop loin, et regretter ensuite de t'avoir bousculée.

Il se tut, le regard perdu dans le mien.

Je me penchai pour ouvrir le tiroir de ma table de chevet. J'y pris une petite boîte et la lança à P.-O., qui l'attrapa au vol. Il la tournait et la retournait dans ses mains.

– Demain, je vais commencer à prendre la pilule, lançai-je abruptement.

Il plissa légèrement les yeux.

– J'ai vu le docteur cette semaine.

– Pourquoi tu ne m'as rien dit ?

Sa question était dépourvue de blâme. Il était curieux, c'est tout.

– Un truc de fille…

Il se gratta la tête, mais n'ajouta rien.

Nous étions différents. Depuis le début, il s'était ouvert à moi sans chercher à se protéger. J'étais pour ma part beaucoup plus discrète.

– Si je ne t'ai rien dit, c'est que je ne veux pas que tu penses que je veux le faire tout de suite, avouai-je.

– Je suis patient. Tu es bien placée pour le savoir, Mich.

Sur ce point, il avait raison. J'étais forcée de le reconnaître, vu les circonstances de notre rencontre.

– Disons que j'avais besoin de me faire à l'idée... avant de t'en parler, bafouillai-je.

– Tu peux me parler de n'importe quoi. Tout ce que tu dis m'intéresse. La dernière chose que je veux faire, c'est te mettre de la pression. D'accord ?

– D'accord.

Il m'embrassa encore une fois avant d'ajouter, incertain et malicieux à la fois :

– L'idée a fait son chemin ?

Je réprimai de justesse un fou rire.

– Arrête de me taquiner, répliquai-je en mordant mes lèvres.

– En as-tu autant le goût que moi ? s'enquit-il, soudain şérieux.

Je ne répondis pas tout de suite.

– Je manque peut-être d'expérience, mais il m'a semblé que tu appréciais mes caresses l'autre jour.

– Tu manques d'expérience ?

– Embrasser une fille, c'est une chose ; voir sa poitrine, c'est autre chose. Tu es la première de qui je vois les seins. Alors oui, je manque pas mal d'expérience dans ce domaine.

J'aimais sa franchise. Curieusement, cela vint à bout de ma réserve.

– Comment les as-tu trouvés ?

– Magnifiques ! s'exclama-t-il, sans gêne.

– Ils ne sont pas très gros, fis-je remarquer.

– Ils sont parfaits, crois-moi.

J'étais flattée, même si je ne le croyais qu'à moitié.

– Pour répondre à ta question : oui, j'ai le goût. Je ne prendrais pas la pilule, sinon.

Il se rapprocha de moi.

– Attention ! l'avertis-je en le pointant d'un doigt, qu'il saisit pour le mordre doucement. Je dois toutefois t'avertir que nous ne pourrons pas le faire avant la fin du cycle.

– C'est-à-dire ?

– Dans un mois... pour être certain que tout est correct.

– J'ai des condoms sur moi, suggéra-t-il.

– C'est bien, mais je serais plus tranquille si je savais que je suis doublement protégée, précisai-je.

– Alors, ce sera dans un mois, convint-il en m'enlaçant.

J'appuyai ma tête sur son épaule.

– C'est bien vrai, tu es vierge ? m'informai-je sans ambages.

– Ouais ! Et toi ?

Je m'écartai de lui pour le regarder dans les yeux.

– Tu connais la réponse.

– Si je te le demande...

– Tu n'es pas sérieux ! m'indignai-je en allant m'asseoir sur la chaise d'ordinateur pour mettre plus de distance entre nous.

Il venait tout gâcher avec ses suppositions.

– Ma biche, comment pourrais-je le savoir ? Tu es sortie presque un an avec...

– DIX MOIS, corrigeai-je.

– ... dix mois, alors, avec ton ex, enchaîna-t-il. Il peut s'en passer, des choses, en dix mois. Normal que j'y aie pensé, non ? Je ne te juge pas...

– NON ! ! !

– Non tu ne trouves pas normal que je veuille le savoir, ou non tu n'es plus vierge ?

# L♥ve zone

– Non, je n'ai jamais fait l'amour, ni avec Lenny ni avec personne, fulminai-je.

– Pourquoi es-tu fâchée contre moi ?

– Parce que je déteste l'idée que tu aies pu penser une seule seconde que j'ai fait l'amour avec mon ex.

– Si ça peut te rassurer, on est deux à détester cette idée, riposta-t-il.

Sur ce, nous n'osâmes pas interrompre immédiatement le silence qui suivit. Nous étions tous les deux absorbés dans nos pensées respectives.

Cela voulait donc dire que Pierre-Olivier réagissait mal à tout ce qui se rapportait à Lenny. J'avais déjà connu les effets dévastateurs de la possessivité. Pourquoi n'étais-je pas aussi affectée, cette fois ? S'il s'était montré complètement indifférent à l'idée que j'aie pu avoir du plaisir d'ordre sexuel avec mon ex, cela ne m'aurait pas plu davantage. Il faut dire que j'étais secrètement ravie qu'il n'y ait eu personne d'aussi important que moi dans sa vie auparavant.

P.-O. se gratta la gorge avant de prendre la parole :

– Excuse-moi.

– De quoi ?

– D'avoir supposé que tu... enfin, tu sais ! Pire, de t'avoir montré ma jalousie... Un truc de gars, il faut croire !

Comment faire pour ne pas craquer après cela ?

– Je me suis énervée pour rien, admis-je, sentant la tension descendre d'un cran.

Il tira la chaise sur roulettes vers lui et la tourna de telle façon qu'il m'était impossible de me défiler.

– Je t'aime comme un malade, Mich.

Mon cœur voulait sortir de ma poitrine.

– Je veux que tu comprennes que je n'ai jamais eu envie de personne d'autre que toi, Pierre-Olivier, lui avouai-je d'une voix basse.

Le regard qu'il me lança en disait long sur ses états d'âme. La chaise percuta durement le meuble derrière. D'un même élan, nous nous étions agrippés l'un à l'autre, pressés de sceller par un baiser nos promesses de bonheur à deux.

-14-

## La rumeur et l'humeur

Juin 2009

Tout a commencé par une rumeur. Elle courait à l'école depuis le début du mois. Cela avait toutes les apparences d'une légende urbaine. Les garçons se sont d'abord passé le mot. Quoi de plus normal pour des ados remplis de testostérone ! Puis cela est tombé dans l'oreille d'une fille, qui s'est empressée d'en informer ses copines, et ainsi de suite, jusqu'à ce que tous les élèves et même les profs soient au courant.

Une fille de l'école aurait posé les seins nus devant sa *webcam* pour faire plaisir à son *chum*. À son insu, le gars aurait enregistré les images dans son ordinateur. Lorsque la fille lui laissa entendre qu'un autre l'intéressait, son *chum*, dépité, la menaça de se venger en publiant sa photo sur Internet si elle le laissait.

La rumeur s'avéra quand ladite photo commença à circuler. L'histoire n'aurait probablement pas pris de telles proportions si la pauvre fille n'avait pas eu d'aussi gros seins. Malheureusement, on la reconnut. Le fautif fut suspendu de l'école, tandis que la victime dut changer d'école.

Tout le monde ne parlait que de ça. À grands coups de communiqués aux parents et aux élèves, la direction nous informait des sanctions qui seraient appliquées contre ceux qui, et je la cite, « se rendraient coupables d'actes aussi répréhensibles que la divulgation de photos compromettantes dans le but de salir la réputation de quelqu'un ». Le sujet fut même abordé dans nos cours de morale sous forme de débats à propos des dangers courus par les internautes un peu trop naïfs, intrépides ou tout simplement frivoles.

Cet épisode malheureux fit réfléchir pas mal de gens, y compris moi. Avouez que c'est révoltant ! N'importe qui pourrait tomber dans le panneau.

Penses-y juste une seconde : une fille pense aimer un gars, qui prétend l'aimer en retour. Les circonstances les empêchent de se voir durant une longue période. Comme ils s'ennuient, ils remédient à la situation à l'aide d'Internet. Avec l'image en direct, chacun a presque l'impression que c'est réel et que l'autre se trouve bel et bien tout près.

Facile de commettre l'erreur de se laisser aller, non ? Qui n'a pas un jour eu l'idée de pousser plus loin le jeu amoureux, virtuellement parlant ?

À ce propos, j'eus une discussion enflammée avec mes amies pendant l'heure du dîner à l'école. Josiane était révoltée.

– C'est un salaud ! vociféra-t-elle.

– D'accord avec toi, dis-je doucement, pour la calmer.

– C'est comme s'il l'avait violée ! continua-t-elle sur le même ton.

# L♥ve zone

– Il y a une différence entre forcer une fille à avoir une relation sexuelle et ne pas préserver son intimité, quand même, voulut nuancer Marie-Ève. Elle a voulu jouer le jeu.

– Tu es drôle, toi ! s'exclama Jo, acerbe. Tu n'es pas loin de dire qu'elle l'a bien cherché ? Je te ferai remarquer que LUI, il s'est bien gardé de baisser son pantalon devant elle !

Marie-Ève ne sut quoi répondre. Josiane était vraiment hors d'elle. Et pour l'instant, sa colère semblait se diriger contre nous.

– Calme-toi, Jo, voulus-je l'apaiser. Ce n'est pas ce qu'Èvie a voulu dire, voyons !

– Je ne lui trouve aucune excuse, repartit de plus belle Josiane. Il lui a menti sur ses sentiments ; parce que s'il l'aimait vraiment, il ne lui aurait pas fait un coup si vache. Je ne serais pas surprise qu'il l'ait manipulée. Pourquoi, sinon, aurait-il enregistré son image sans qu'elle le sache ?

– Je ne l'excuse pas, se défendit Marie-Ève. Il n'a pas été honnête avec elle, c'est certain. Mais, je trouve qu'elle n'a pas été prudente d'accepter de se dévêtir en ligne, c'est tout !

Josiane se renfrogna.

– Nous ne sommes pas toutes sages comme toi ! Il y en a qui veulent s'amuser, flirter, se laisser désirer…

Josiane nous surprit, Marie-Ève et moi, en train d'échanger un regard.

– Laissez tomber, soupira-t-elle en se levant de table. Je ne suis pas d'humeur, aujourd'hui.

Sur ce, elle quitta la cafétéria.

– Qu'est-ce qu'elle a ? demanda Marie-Ève.

– Je ne sais pas, mais je vais creuser la question d'ici la fin de la journée, répondis-je.

– Tu as vu comme elle m'en voulait ?

– Je ne crois pas qu'elle était vraiment fâchée contre toi, mais une chose la tracasse, c'est sûr.

– Penses-tu la même chose que moi ? lança Marie-Ève après un moment de réflexion.

– Ça se pourrait bien, avançai-je prudemment.

– Merde ! s'exclama-t-elle. Elle est bien capable de le faire, en plus !

– Pas toi ?

– Et toi ?

– Je mentirais si je te disais que l'envie d'être provocante ne m'avait jamais traversé l'esprit, bredouillai-je, embarrassée.

– Je veux bien faire l'aguichante devant mon *chum*, mais en chair et en os. Surtout pas derrière un objectif. Faire ce genre de trucs en ligne, c'est comparable à la prise de photos érotiques.

# L♥ve zone

Une vraie bombe à retardement, si tu veux mon avis !

– Pauvre fille ! Je n'aimerais pas être à sa place.

– Personne n'aimerait être dans ses souliers... Jo, la première, à ce que je peux voir.

– Qui va lui parler ? demandai-je.

– Je préférerais que ce soit toi, puisqu'elle m'en veut d'être si raisonnable.

La première cloche sonna.

– Occupe-toi d'elle, me conseilla-t-elle en se levant.

– Ne t'inquiète pas ! promis-je en la suivant.

Je ne revis pas Josiane du reste de la journée. On aurait dit qu'elle m'évitait. Pour en avoir le cœur net, je passai chez elle après l'école. Sa petite sœur m'ouvrit la porte.

– Bonjour, Sarah. Jo est là ?

– Dans sa chambre, répondit la petite.

J'avais fait quelques pas lorsque je l'entendis chuchoter dans mon dos :

– Je l'ai entendue pleurer.

Elle allait plus mal que je le pensais.

– Merci, soufflai-je.

Je cognai à la porte de sa chambre avec un aplomb que j'étais loin de ressentir.

– Je veux la paix ! cria Josiane.

– Jo, c'est moi, annonçai-je d'une petite voix.

Après quelques bruits indistincts, je l'entendis se lever pour finalement venir m'ouvrir sa porte, qu'elle referma sitôt que j'eus pénétré dans la pièce.

– Qu'est-ce qui ne va pas, ma cocotte ? demandai-je en voyant ses yeux rougis.

– Je suis laide à faire peur, grommela-t-elle en se regardant dans un petit miroir de poche.

Elle fuyait mon regard.

– Figure-toi que je ne suis pas aussi sage que tu le penses, avouai-je.

Elle releva brusquement la tête.

– Toi aussi, tu as fait des bêtises, hoqueta-t-elle.

– J'y ai pensé, en tout cas.

– Ah...

– Quand ça fait une semaine que je n'ai pas vu P.-O. en personne, je te dis, je ne me reconnais plus. Si tu lisais nos conversations MSN, tes cheveux friseraient tellement c'est indécent.

# L♥ve zone

– Au moins, tu n'as pas franchi la limite.

– Seulement parce qu'il ne me l'a pas demandé.

– Oh, Mich... gémit-elle, des larmes plein les yeux.

– Dis-moi, insistai-je en m'asseyant près d'elle.

– Tu sais pourquoi j'ai cassé avec Jean-Yves ?

– Non, pourquoi ?

– J'ai appris qu'il faisait ça avec toutes ses blondes...

– Quoi au juste ?

– Tu sais... des poses suggestives...

Oh là là ! Elle était dans le pétrin.

– Tu lui en montrais beaucoup ?

– Pas mal.

Je m'attendais au pire. Il fallait arrêter de tourner autour du pot.

– Tu es allée aussi loin qu'elle ? Il a vu tes seins ?

– Non, mais... mon soutien-gorge, finit-elle par dire d'une voix presque inaudible.

C'était moins pire que je l'imaginais.

– Penses-tu que ma photo circule ?

– Écoute Jo, en supposant que ta photo circule, comme tu le dis...

Les larmes commençaient à déborder sur ses joues.

– ... les dessous féminins ressemblent comme deux gouttes d'eau aux maillots de bain, de nos jours, m'empressai-je d'ajouter. Serais-tu aussi gênée si tu étais prise en photo en maillot de bain ?

– Pas sur la plage ou sur le bord d'une piscine, admit-elle en reniflant.

– Tu saisis l'idée.

Josiane se moucha bruyamment.

– Un peu plus et je me retrouvais dans la même situation que cette pauvre fille. Mon père m'aurait tuée si je n'étais pas morte de honte avant.

Soudain, elle me serra le bras très fort.

– Si jamais mon père me voyait en petite tenue ! J'en mourrais de honte...

– Ça n'arrivera pas, coupais-je pour la rassurer. Pas après tout le drame et le branle-bas de combat de l'école.

– Tu as raison, renchérit-elle, une lueur d'espoir dans le regard. Jean-Yves n'est certainement pas le gars le plus courageux en ville. Une vraie poule mouillée...

# L♥ve zone

– Comment as-tu su, pour Jean-Yves ?

– J'ai eu de la chance dans ma malchance. Une de ses ex-petites amies est venue m'avertir juste avant que je commette l'irréparable. Il avait déjà commencé son numéro de charme pour que je lui en montre plus. Et moi, pauvre tarte, j'étais à deux doigts de lui céder. On ne me prendra plus à ce petit jeu !

Josiane sortit de sa trousse à maquillage le cache-cernes et la poudre.

– Quand tu as des problèmes, parle-nous-en au lieu de tout garder ça en dedans. D'accord ?

– Pour me faire dire par Èvie d'être plus prudente, ou pire, d'assumer les conséquences de mes niaiseries ! J'ai assez d'une mère pour me faire la morale, riposta aigrement Jo en terminant l'opération camouflage.

À part les yeux qui brillaient, rien n'y paraissait plus.

– Tu es injuste. Premièrement, c'est toi qui as commencé. Deuxièmement, tu nous as caché des informations sur toi qui auraient permis de comprendre ta réaction. Nous ne pouvions pas deviner ce qui se passait, Jo.

– Toi, tu ne m'as pas laissée tomber, soutint-elle avec un peu moins de conviction.

– NOUS avons décidé que JE te parlerais, rectifiai-je.

Je la vis rougir d'embarras.

– Elle n'est pas fâchée, ajoutai-je précipitamment. Elle m'a dit de m'occuper de toi, parce qu'elle savait que tu avais besoin de parler.

Des larmes coulèrent, balayant les remords et le maquillage, chassant la rage, faisant enfin place à la reconnaissance et au soulagement.

***

Le soir même, je *tchattai* avec Pierre-Olivier. Je lui racontai tous les détails de ma journée. Quand j'eus fini de répondre à ses questions, je regardai l'objectif de la *webcam* pendant un moment, puis je levai la main comme pour le toucher. L'effet fut saisissant, car il réagit immédiatement.

– Je m'ennuie de toi.

– Je trouve qu'on ne se voit pas assez, 😢 répondis-je.

– Dans deux semaines, ce sera la fin des classes. Nous nous verrons plus souvent durant l'été.

– Mon père veut que je travaille. Et toi, tu vas faire plus d'heures au magasin ?

– Nous ferons coïncider nos horaires. En attendant, pensons à nos deux bals. J'ai demandé une semaine de vacances pour fêter ça 🙂.

– C'est vrai ? 😃 répondis-je à toute vitesse, le sourire fendu jusqu'aux oreilles.

# L♥ve zone

P.-O. fit signe que oui de la tête. Il n'avait pas un bon doigté sur son clavier, il utilisait seulement ses index. Même s'il tapait aussi rapidement que moi, il passait son temps à regarder en alternance son clavier, puis son écran. Je pouvais ainsi l'observer à son insu plus facilement.

> – Je suis dingue de toi ♥. Je pense sans cesse à toi, ma belle.
>
> – J'aimerais que tu sois là, avec moi, ce soir 🥺, me plaignis-je.
>
> – Et moi donc !

Il m'envoya un de ces clins d'œil informatiques en forme de cœur rouge palpitant.

> – Je t'aime ♥ ♥ ♥, ajouta-t-il.

J'étais heureuse de recevoir toutes ses preuves d'amour, mais je souffrais de son absence.

> – J'aimerais que tu me prennes dans tes bras.
>
> – Je te serrerais fort et je t'embrasserais.

Pendant qu'il pianotait sur son clavier, ses lèvres formèrent involontairement un semblant de baiser.

> – Où ?
>
> – Où tu veux 😊.

Il me regarda.

– Partout 😊, inscrivis-je dans la boîte de dialogue, sans toutefois envoyer immédiatement mon message.

Il voyait que j'étais en train de lui écrire, mais ne pouvait pas encore lire ma réponse. Lorsque j'appuyai sur le bouton d'envoi, il lut avidement.

– Tu vas me donner des idées, Mich.

– Je pensais que tu en avais déjà 😊.

– Je t'avertis : si tu n'arrêtes pas tout de suite de m'écrire des trucs osés, je ne réponds plus de moi.

– C'est-à-dire ? 😊

Pierre-Olivier s'étira, un sourire narquois sur les lèvres.

– Ce soir, tu as décidé de me torturer moralement et physiquement ? Après tout ce que tu viens de me raconter, tu veux me mettre à l'épreuve pour savoir quelle attitude j'adopterais en ligne face à de la pure provocation féminine ? Au risque de te décevoir, je suis comme les autres gars ! À défaut de toucher, j'aime bien regarder.

– Si je comprends bien, tu penses que je suis une fille comme ça ?

– Non. Je voulais juste dire que si tu le voulais, je ne dirais pas non.

# L♥ve zone

J'étais en colère. Je n'aimais pas cette image de moi qu'il me renvoyait...

— 😠 Je n'en reviens pas que tu aies ce genre d'idées !

— Laisse-moi m'expliquer, rétorqua-t-il, en état d'alerte.

Je n'avais plus le goût de discuter.

— Je suis fatiguée, lui signalai-je en annulant la *webcam*.

— Laisse-moi t'appeler.

P.-O. avait perdu son arrogance de mâle dominant.

— Je dois terminer un devoir pour demain et je ne veux pas me coucher tard.

— Juste cinq minutes.

— Pas ce soir.

— Demain, alors ?

— On verra. Bye !

Je n'attendis pas qu'il me réponde pour me déconnecter de MSN Messenger. Après tout, il l'avait bien cherché.

# -15-
## L'amour à distance

Juin 2009

Je me sentais mal. Je m'étais disputée pour la première fois avec P.-O. depuis que je sortais officiellement avec lui. J'avais beau me rejouer la scène dans ma tête, me dire que j'avais eu raison d'être insultée, je n'arrivais pas à maintenir mon attitude combative maintenant que la colère était tombée.

Pierre-Olivier avait respecté ma décision. Il ne m'avait pas écrit et ne m'avait pas appelée non plus. Il ne méritait pas mon aigreur, d'autant plus qu'il avait toujours su retenir ses ardeurs, même en ligne. Tout ce qu'il avait voulu me dire (de façon maladroite, je te l'accorde), c'est qu'il avait atteint ses limites.

Finalement, je devais admettre qu'il avait eu raison sur un point : je l'avais mis à l'épreuve.

J'avoue humblement (surtout pas devant lui) que l'orgueil, ça me connaît ! Alors, comment faire pour avouer ma part de tort sans perdre la face devant lui ?

Une boule compressa mon estomac pendant toute la journée du lendemain. J'avais peur.

J'aurais aimé effacer la discussion qui avait dégénéré, et tout recommencer. La veille, mon *chum* me manquait. À présent, non seulement il me manquait, mais les regrets creusaient davantage le fossé entre nous, à un point tel que je pris sur moi d'appeler P.-O.

– Salut, c'est moi !

– Ça va ? demanda-t-il d'une voix neutre.

La boule au creux de mon ventre se desserra légèrement.

– Bien, toi ?

– Pas trop, non.

– Tu m'en veux ? voulus-je savoir, pour en avoir le cœur net.

Il prit son temps avant de répondre. La boule se renoua de plus belle…

– Je ne voulais pas insinuer que je souhaitais que tu le fasses… devant la caméra, commença-t-il en choisissant soigneusement ses mots. Je te disais seulement que, si tu le proposais, j'accepterais.

Je respirai un peu mieux.

– Pourquoi ?

Je connaissais la réponse ; j'avais juste besoin de l'entendre, de sa bouche.

– Parce que je te désire, soupira-t-il.

– Tu penses qu'une fille n'a pas les mêmes désirs qu'un gars ?

– Si nous devons avoir cette conversation-là au téléphone, alors jure-moi de ne pas te fâcher, implora-t-il.

– Je te le jure.

– En matière de sexe, je pense qu'une fille est différente d'un gars. Il n'y a que toi pour m'informer sur votre façon de penser. Crois-moi, ça m'intéresse au plus haut point. Je peux par contre te dire que j'ai beaucoup de fantasmes te concernant... et l'un d'eux est de te voir complètement nue.

Je ne fis pas de commentaire, alors Pierre-Olivier poursuivit son explication.

– Mais... si nous voulons que ça devienne plus... sérieux entre nous, je comprends que tu veuilles que ça se passe d'abord face à face.

– J'avais compris que nos conversations en ligne t'excitaient, précisai-je. Je le savais, pourtant je ne pouvais pas m'empêcher de te provoquer pour la simple et bonne raison que je trouve ça dur, l'amour à distance. Tu habites loin. Je m'ennuie de toi durant la semaine.

Il y eut un autre silence.

– Écoute, Mich, articula-t-il lentement pour se persuader lui-même de rester calme. Je vais TOUT faire pour ne pas te perdre. Je t'aime. Si tu m'aimes, alors tu seras toi aussi capable de vivre cette situation, qui ne durera pas toujours. Je ne resterai pas éternellement chez mes parents, toi non plus, d'ailleurs.

De nous deux, il était celui qui doutait le moins. Il trouvait les mots pour me calmer. Je n'avais pas le droit de mettre en doute l'avenir de notre relation.

– Je t'aime, assurai-je à mon tour, et je vais essayer de m'y faire, même si tu vis à une année-lumière de chez moi.

– Seulement quarante-cinq minutes en voiture nous séparent. En passant, j'ai l'intention d'obtenir mon permis de conduire temporaire d'ici la fin des classes.

– Quand vas-tu trouver le temps d'étudier avec tous les examens du ministère qui s'en viennent ?

– Ne t'inquiète pas, dit-il d'une voix pressante. Mets-toi en ligne. Je veux te voir.

– Je ne sais pas, hésitai-je. Vu que je ne suis pas raisonnable, je risque d'attiser le feu...

– AH NON ! fit-il en haussant le ton. Je ne te veux PAS raisonnable.

– Mais...

– Il n'y a pas de mais.

J'allumai mon ordinateur. P.-O. me demanda immédiatement d'accepter la *webcam*. Ses beaux yeux gris me dévisageaient.

– Rien ne doit changer entre nous. Sens-toi libre de t'exprimer comme tu l'entends, me dit-il au téléphone.

– Tu vas avoir des idées.

– Ça, c'est mon problème, concéda-t-il. Ne te retiens surtout pas.

– Je ne comprends plus rien, bredouillai-je, confuse.

– Mich, faisons un pacte, expliqua-t-il. Tant et aussi long-temps que nous resterons décents devant la caméra, nous aurons le droit d'exprimer verbalement ou par écrit tout ce qui nous passe par la tête. D'accord ?

– Que fais-tu de la torture morale et physique ?

– La morale, je m'en balance. Le physique, je m'en occupe. Je ne veux pas que tu changes à cause d'une connerie que je t'ai dite.

Il fronçait les sourcils dans l'attente de ma réponse. Il avait par mégarde soulevé une mèche de ses cheveux en se grattant la tête. J'avais le goût de glisser mes mains dans sa chevelure blonde.

– Alors ? insista-t-il.

– D'accord, acceptai-je.

Le pli entre ses yeux disparut.

– Je t'aime, murmura-t-il avec une voix caressante.

– Je t'aime plus fort, répliquai-je sur le même ton.

– Non, c'est moi qui t'aime le plus…

# -16-

## Dans le rouge

Juin 2009

J'avais un problème. Cela ne pouvait pas plus mal tomber. Pourquoi n'y avais-je pas pensé plus tôt ? Lorsque j'appris la nouvelle à mes amies, elles furent aussi consternées que moi.

– Pourquoi n'as-tu pas compté les jours avant ? s'enquit Josiane.

– Je n'avais pas le temps d'y penser. J'ai été vraiment prise par mes travaux de fin d'étape. Ensuite, les examens du ministère ont commencé, répondis-je, de mauvaise humeur.

– Comment peux-tu être certaine que tu auras tes menstruations le jour du bal ? s'étonna Marie-Ève. Tu n'es pas régulière.

– Je le suis depuis que je prends la pilule.

– Tu as vraiment un problème ! lança Marie-Ève.

– C'est justement ce que je me disais, gémis-je, complètement découragée. Qu'est-ce que je vais faire ?

– Pauvre cocotte, finit par dire Josiane.

L'apitoiement semblait approprié, vu que ma situation était désespérée.

– Je n'irai pas à l'après-bal, annonçai-je.

– Pourquoi ?! s'exclamèrent-elles d'une seule et même voix.

– Vous me voyez en train de chercher les toilettes du terrain de camping en pleine nuit ?

– Si tu n'y vas pas, je ne pourrai pas y aller, proféra Marie-Ève.

– Ah non ! Vous n'allez pas me laisser y aller seule ! s'indigna Jo.

Je commençais à sentir des élancements dans mes tempes.

– Ma mère m'avait donné son accord parce que cela la rassurait qu'on y aille toutes les trois, se défendit Èvie.

– Ne lui dis rien pour Mich, proposa Josiane.

– Fie-toi à moi, elle découvrira le pot aux roses bien assez vite.

Maintenant qu'elles étaient directement concernées, elles posaient un tout autre regard sur la question.

– Mich, tu aurais dû attendre avant de prendre la pilule, me reprocha Jo.

# L♥ve zone

– Tu ne peux tout de même pas lui en vouloir de prendre la pilule, argumenta Èvie. Quand ton tour viendra, je ne pense pas que tu vas nous demander la permission.

– Désolée, dit Jo, frustrée.

***

Sans que je le remarque, une fille que je connaissais de vue avait écouté notre conversation dans les couloirs de l'école durant la première pause de la journée. Plus tard dans la journée, elle m'interpella près des casiers.

– Moi aussi, je suis supposée être dans le rouge le jour du bal, m'apprit-elle comme entrée en matière.

– Ah bon... dis-je prudemment.

Elle avait un petit air hautain, du genre « regardez-moi, je suis belle ». Tout à fait le genre que les gars recherchent. Elle avait le mot « populaire » étampé sur le front.

– Il n'en tient qu'à toi de ne pas l'être, poursuivit-elle en m'évaluant du regard.

Que sous-entendait-elle ?

– Si tu ne veux pas avoir tes prochaines menstruations, tu peux prendre la pilule en continu, se décida-t-elle, enfin.

Je la regardai comme si elle me parlait en chinois.

– Réveille ! s'exclama-t-elle en claquant des doigts devant mon nez. Au lieu d'attendre une semaine, tu commences immédiatement ta prochaine boîte de pilules. Comme ça, tu sautes par-dessus tes menstruations. C'est génial, non ?

– Euh ! fis-je, ne trouvant rien à dire de plus intelligent. Merci.

– De rien.

Elle me quitta sur un clin d'œil complice.

Était-ce vrai ? Pouvais-je vraiment faire ça ? Il fallait que je le sache. J'allai donc directement au bureau de l'infirmière.

– Oui, c'est possible, concéda-t-elle, mais ce n'est pas recommandé pour tout le monde de le faire sur une base régulière.

J'avais tout de même omis de lui dire un petit détail.

Je n'avais pas encore terminé ma toute première boîte de pilules anticonceptionnelles, que je prévoyais déjà sauter mes règles ! Je ne pourrais jamais faire l'amour en toute quiétude si je ne termine pas, au moins, un cycle menstruel complet, ne serait-ce que pour constater que mes règles démarrent comme d'habitude !

À bien y penser, je préférais être dans le rouge au bal et garder l'esprit tranquille plutôt que d'être stressée le jour où je me déciderai à faire l'amour à Pierre-Olivier.

# -17-

## Le jour J

Juin 2009

Cinq années s'étaient écoulées sous la charge quotidienne des travaux scolaires. J'avais enfin terminé le secondaire ! ! Je n'en pris pleinement conscience que le jour de la consécration : le bal des finissants.

Je ne sais pas pour les gars, mais je peux affirmer que les filles prenaient cela très au sérieux. Tout, absolument tout devait être parfait le jour J. Manucure, pédicure, coiffure et maquillage se planifiaient avec soin. Le choix de la robe, évidemment, arrivait en haut de la liste des priorités. Je l'avais choisie longue, noire et turquoise, avec un bustier sans bretelles. Elle me seyait à merveille et soulignait davantage ma fine taille. Pierre-Olivier demanda à la voir. Bien sûr, je refusai. Comme il insistait, je fis une petite concession : je lui en révélai la couleur.

***

Il faisait chaud ce jour-là. J'avais remonté presque en totalité mes longs cheveux blonds. Quelques mèches folles descendaient sur ma nuque. Ma mère avait déniché des barrettes à cheveux en forme de fleur de couleur turquoise. À part un peu de mascara et un discret contour de l'œil au crayon (turquoise aussi), rien d'autre n'avait été ajouté pour rehausser mon teint légèrement rosé. Dès que je revêtis ma robe, les yeux de ma mère se mirent à briller. Elle voulut tout de suite me prendre en photo.

J'étais fébrile et j'avais surtout hâte de voir Pierre-Olivier. Ses parents nous fournissaient le transport pour l'occasion. Alors, j'allais à la fenêtre toutes les deux minutes pour vérifier s'ils étaient arrivés. Quand une voiture se stationna devant, je sus tout de suite que c'était eux. À ma grande stupéfaction, Pierre-Olivier sortit par la portière du côté conducteur.

IL AVAIT OBTENU SON PERMIS TEMPORAIRE ! Il avait gardé le secret pour m'en faire la surprise ! Il avait l'air tellement fier de lui et il était tellement beau dans son complet noir, sa chemise noire et sa cravate… tiens-toi bien, noire et turquoise ! Je n'en revenais pas ! Il avait agencé les couleurs de sa tenue vestimentaire à la mienne !

Je me précipitai à la porte d'entrée, que j'ouvris à la volée. Il avait grimpé les marches deux par deux, pour finalement se figer devant moi. Je lus l'admiration dans ses yeux. Incapable de rester immobile plus longtemps, je me lançai vers lui. Ses bras s'ouvrirent instantanément pour me recevoir.

– Je t'aime, murmura-t-il contre mes lèvres.

– Comment tu me trouves ?

– Magnifique, me complimenta-t-il en m'embrassant tendrement.

J'entendis tousser derrière lui.

# L♥ve zone

– Marie-Michelle, voici mon père, Claude, et ma mère, Hélène, annonça Pierre-Olivier en s'écartant de moi sans me lâcher la main.

Le couple nous rejoignit sur le perron.

– Nous sommes contents de faire enfin ta connaissance, dit la mère de P.-O., le sourire fendu jusqu'aux oreilles.

– Moi aussi, répondis-je, gênée.

J'en profitai pour les présenter à mes parents, qui se tenaient dans l'encadrement de la porte. Ma mère allait nous inviter à entrer quand une limousine blanche tourna le coin de la rue et se stationna devant chez nous. Mon père descendit l'escalier en vitesse et apostropha le chauffeur en costume noir qui sortait du véhicule.

– Papa ?

– Viens voir, ma chérie, m'appela mon père.

Pierre-Olivier me tirait la main pour m'inciter à le rejoindre. Il avait déjà tout compris. Je regardai ma mère, puis autour de moi. Quelques enfants s'agglutinaient de l'autre côté de la rue. Les voisins commençaient à sortir sur leur balcon, curieux. Le choc passé, je rejoignis mon père sur le trottoir en traînant Pierre-Olivier.

– J'ai appelé les parents de tes amies, m'apprit mon père. Le chauffeur va passer prendre Marie-Ève, Josiane et leurs cavaliers pour ensuite vous conduire au bal.

– Je ne peux pas le croire ! balbutiai-je.

– Es-tu contente ? s'enquit-il, les yeux pétillants de malice, comme un gamin fier de son coup.

Je pris mon père par le cou et m'écriai :

– C'est super ! !

Ma mère commença une séance de photos digne des plus grandes revues de mode. Tous y passèrent. D'abord, en couple. Ensuite P.-O. et moi jumelés avec nos parents respectifs. Dans la bousculade des prises de photos, je remarquai que mon *chum* chuchotait quelque chose à l'oreille de son père. Ce dernier disparut momentanément de mon champ de vision, pour réapparaître un peu plus tard avec une petite boîte.

– Tiens ! fit Pierre-Olivier en me tendant la petite boîte.

Je pris le paquet des mains de P.-O. et soulevai le couvercle. Une orchidée blanche se trouvait à l'intérieur.

– Je n'ai malheureusement pas trouvé de fleur turquoise, expliqua-t-il en sortant la fleur de son emballage.

Il défit le bracelet pour me passer la fleur au poignet. Un éclair se perdit dans la lumière du jour qui déclinait. Ma mère venait d'immortaliser l'événement.

– Elle est magnifique, assurai-je, le cœur plein d'émotion.

Mon père nous poussa à l'intérieur de la limousine. Je n'avais jamais vu de voiture aussi spacieuse de toute ma vie.

# L♥ve zone

Ma mère prit une dernière photo. Elle nous souhaita de passer une merveilleuse soirée, avant de fermer la portière. À l'abri des regards, derrière les vitres teintées, P.-O. et moi échangeâmes un baiser passionné. Je vivais un conte de fées. La limousine démarra en douceur, faisant tourner les têtes sur son passage.

Marie-Ève et Josiane passèrent par la même gamme d'émotions que moi : la surprise, le ravissement, l'enchantement, la séance de photos...

Les gars la jouaient *cool*. Dan ouvrait tous les tiroirs pour voir s'il y avait de l'alcool. Yan racontait à P.-O. qu'il existait des limousines encore plus grandes. Jo et Èvie m'expliquaient à tour de rôle leurs préparatifs. Elles n'arrêtaient pas de s'extasier sur ma robe, tandis que je faisais de même en retour.

La voiture s'arrêta devant l'hôtel Intercontinental du Vieux-Montréal, à l'entrée de la ruelle des Fortifications. Nous étions sans voix. Comment ne pas être impressionnés par l'immense voûte en verre, par la fontaine éclairée d'une série de lampadaires, par la multitude de tables drapées de nappes blanches, ornées de centres de table fleuris ? Jamais nous n'étions allés à une telle soirée chic, où tout le monde s'habillait comme des stars de cinéma.

Un photographe nous accueillit dès l'entrée pour nous prendre en photo devant la fontaine avec, à l'arrière-plan, une gigantesque statue de pierre. Ensuite, nous fûmes invités à nous diriger vers notre table, préalablement attribuée.

Au début, nous étions toutes les trois un peu nerveuses. Nous regardions les autres robes en croisant les doigts pour ne pas en trouver une semblable à la nôtre. Une fois rassurées, nous commençâmes à nous amuser tout en jasant ici et là avec d'autres copines de classe. Beaucoup de finissants avaient apporté leur appareil photo numérique pour immortaliser dans l'euphorie l'enterrement de leur vie de secondaire. Je regrettai de ne pas avoir emprunté celui de mon père. Je fis promettre à plusieurs d'entre eux de m'envoyer leurs photos par courriel. La musique était de circonstance, bien que pas assez forte au goût de certains. Dan, qui connaissait tous les groupes de musiciens, se plaisait à nous les énumérer au fur et à mesure. C'est ainsi que nos oreilles enregistrèrent du Linkin Park et du Sick Puppies, suivi de Nickleback, Chris Daughtry, Fergie, Timbaland, et bien d'autres...

Je t'épargnerai, cher lecteur, les détails concernant le déroulement du repas. La fête commença vraiment avec l'arrivée du DJ, qui fit de notre bal un vrai *party*. Toutefois, j'avais beau avoir la tête dans les nuages, la dure réalité me rappela vite sur terre. Je dansais lorsque je sentis soudain mon ventre se contracter. Je courus aux toilettes pour me rendre compte qu'effectivement, mes règles avaient démarré comme prévu.

J'étais derrière la porte fermée d'une des cabines quand j'entendis deux filles parler devant les lavabos. Je me mis à écouter plus attentivement la conversation lorsque l'une d'elles mentionna le nom de Yan.

– Pourquoi Yan s'intéresserait-il à elle ? demanda la fille que je surnommerai *la meneuse*. Sa voix était pleine de hargne.

– Parce qu'il veut du sexe, répondit l'autre, que je surnommerai *le chien de poche*.

– Le fumier ! s'écria *la meneuse*. Ça ne fait pas un mois que j'ai cassé avec lui qu'il veut déjà me remplacer.

# L♥ve zone

– Ce n'est pas sérieux, la rassura *le chien de poche*. D'après ce que j'ai entendu, il aurait gagné un pari.

– Explique… exigea *la meneuse*. Je ne suis pas au courant.

– C'est vrai, tu n'étais pas au *party* de Nic ! s'exclama *le chien de poche*. Moi j'y étais et j'ai entendu Yan parler d'un ami qui venait de plaquer sa blonde. Selon l'ami en question, la fille a la réputation d'être facile. Comme elle n'est pas laide non plus… les gars ont parié sur celui qui réussirait à attirer son attention. C'est Yan qui a gagné.

Est-ce qu'elle ne parlerait pas, par hasard, de Josiane ?! !

– Tu parles, voler l'ex d'un *chum* ! Il faut le faire, tout de même, protesta *la meneuse*.

– Il semblerait que le gars n'a plus aucun intérêt pour son ex, précisa *le chien de poche*.

J'imagine que ce gars doit être Jean-Yves, alors !

La conversation se perdit dans le bruit de la musique. Elles venaient probablement d'ouvrir la porte.

J'étais atterrée. Il fallait agir et vite ! Dès que j'arrivai près de Pierre-Olivier, je murmurai à son oreille :

– Occupe-toi de Yan. Il faut absolument que je parle à Jo seule à seule.

– Qu'est-ce qui se passe ?

– Je t'expliquerai, répondis-je en me tournant vers Josiane.

Je m'arrangeai pour la prendre à part afin de lui raconter tout ce que j'avais entendu dans les toilettes.

– Je me suis fait avoir, ragea-t-elle.

– C'est ici que vous vous cachez, les filles ! nous interpella joyeusement Marie-Ève.

Elle nous regarda tour à tour, puis elle comprit que quelque chose clochait. Sans plus attendre, je lui fis un résumé de la malencontreuse conversation dont j'avais été témoin.

– Restons calmes, décréta-t-elle en marchant de long en large.

– Réfléchissons sur la meilleure manière de te sortir de ce pétrin, avançai-je.

– Tu as raison, admit Josiane. Je vais aller de ce pas lui dire ma façon de penser, à cet imbécile de Yan.

– Tu t'occuperas de lui plus tard, lui conseilla Marie-Ève. Il y a plus urgent. Mich, es-tu certaine que c'est l'ex de Yan qui parlait ?

– C'est ce qu'elle a dit.

– Tu la reconnaîtrais ?

– Bien sûr que non, j'étais assise sur la toilette.

# L♥ve zone

– Laisse-moi faire, s'impatienta Josiane. Je vais aller dire à Yan de se faire voir ailleurs.

– J'ai une meilleure idée, commença Èvie.

Elle nous exposa son plan. C'était ça ou un scandale, nous n'avions pas vraiment le choix. Avant de mettre le tout en application, je donnai quelques explications à mon *chum*. Il émit quelques réserves, mais je fis la sourde oreille, car je n'avais pas le temps de lui révéler TOUS les détails.

Je repérai Nic dans la foule. Je savais qu'il était venu au bal avec d'autres qui, comme lui, n'étaient pas accompagnés. Cela allait me faciliter la tâche. Le DJ avait décidé de faire jouer un *slow* pour faciliter les rapprochements. J'eus un éclair de génie qui me permettrait d'être seule à seul avec lui pendant un court moment. Je touchai son bras pour attirer son attention. Il se retourna, un sourire joyeux aux lèvres. Quand il me reconnut, la surprise envahit ses traits et son sourire se figea.

– Nic, tu veux danser ?

– Euh... pourquoi pas ! répondit-il en regardant autour de lui.

Je l'entraînai sur la piste de danse. Il m'enlaça tout en maintenant une certaine distance. J'avais juste assez d'espace pour ne pas me sentir mal à l'aise.

– Où est ton *chum* ?

– Occupé.

Je cherchais mes mots quand, soudain, il prit les devants.

— Mich, tu es séduisante dans cette robe.

— Merci. Écoute, Nic… Je ne vais pas tourner autour du pot. À propos du pari, tu as été mis au courant avant ou après que je t'aie demandé de présenter Yan à Jo ? jetai-je sans détour.

— Quand l'as-tu su ? s'étonna-t-il.

— Je le sais depuis ce soir seulement, et toi ?

— Après…, reconnut-il.

— N'essaye pas de me faire croire que Yan, ton meilleur ami, et tous les autres de ta *gang* ne t'auraient pas informé du pari ! le coupai-je.

Il s'immobilisa sur la piste de danse et me regarda droit dans les yeux.

— On m'a informé, ça oui ! dit-il, soudain très sérieux. APRÈS que je les ai présentés, et APRÈS que Yan a obtenu le numéro de téléphone de Jo…

— Et aussi, APRÈS qu'elle a refusé d'aller au bal avec toi…, fis-je remarquer, en pesant bien chaque mot. C'est probablement pour cette raison que tu t'es bien gardé de venir m'avertir que Jo se mettait les pieds dans les plats, n'est-ce pas ?

Nic se tut.

# L♥ve zone

– Je ne te garde pas rancune, Nic, affirmai-je en l'incitant à danser pour ne pas attirer l'attention sur nous. Tu ne voulais pas trahir un ami… Il n'y a pas que vous, les gars, qui avez un code d'honneur à respecter. Jo est une de mes meilleures amies, et je ne laisserai personne lui faire du mal. Tu comprends ?

– Quand je l'ai su, il était trop tard. Je me suis dit que Jo était une grande fille, qu'elle saurait remettre Yan à sa place.

– Sauf qu'en attendant, ton copain fait courir de drôles de rumeurs et salit sa réputation.

– Ce n'est pas Poirier, mais l'autre – j'ai oublié son nom –, l'ex de Jo, qui raconte n'importe quoi, se défendit-il. Pour ton information, j'ai fortement suggéré à Poirier de laisser Jo tranquille. Il n'en a fait qu'à sa tête.

– Ah oui ? fis-je, sceptique.

– Tu ne me crois pas ?

– Je n'en sais rien… Mais pour m'aider à régler toute cette histoire, j'aimerais que tu me montres du doigt l'ex de Yan. La vois-tu présentement dans la salle ?

Il m'observa pendant un moment, puis décida de coopérer.

– Je t'avertis : Silvia a du caractère. Elle en a fait voir de toutes les couleurs à Yan.

– J'ai cru le remarquer.

Nic m'entraîna doucement vers la gauche.

– C'est la brunette avec la robe rouge, m'informa-t-il en lui tournant le dos de manière à ce que je puisse voir Silvia, alias *la meneuse*.

Il y eut une pause musicale. Nous nous séparâmes.

– Merci, Nic !

– Oublie ces conneries et essaie de t'amuser. C'est notre bal, après tout, me conseilla-t-il.

– Je vais essayer.

– Si on ne se revoit pas, bonne chance pour tout le reste, ajouta-t-il avec une pointe de regret dans le regard.

Je lui fis l'accolade en guise d'au revoir.

Josiane et Marie-Ève m'attendaient impatiemment. Je désignai discrètement l'ex de Yan. Comme Èvie et moi étions à portée de voix, nous ne perdîmes rien de la discussion qui suivit.

– Silvia ? fit Jo.

– Oui ? répondit l'autre en perdant légèrement contenance.

– Ton ex a apparemment gagné un pari ? attaqua Jo.

– À qui la faute ? riposta Silvia, soudain agressive.

– À mon ex qui est frustré parce que je l'ai plaqué.

# L♥ve zone

– Ce n'est pas ce que j'ai entendu dire.

– Cela ne me surprend pas. Jean-Yves a toujours aimé se vanter. En passant, savais-tu que Yan dit à ses amis que tu as mauvais caractère ?

Je tiquai lorsque j'entendis Josiane tirer ainsi profit de l'information que je venais de lui donner. Pardon, Nic !

– Ah oui ? s'exclama Silvia.

Josiane avait maintenant toute l'attention de son interlocutrice.

– Il n'y a rien de pire qu'un macho qui perd la face devant ses *chums*, tu ne trouves pas ?

– Une claque dans la face devrait lui remettre les idées en place, glapit-elle.

– Je ne sais pas pour toi, mais moi, j'aimerais drôlement lui rendre la monnaie de sa pièce.

Silvia hocha lentement la tête. Elle évalua Josiane du regard, puis se décida :

– Mes amies et moi avons réservé une chambre pour la nuit. Dis à Yan que c'est toi qui as réservé la chambre et que tu l'invites à y passer la nuit.

– Admettons qu'il m'accompagne, que va-t-il se passer ensuite ? questionna Jo, curieuse.

– Amène-le-nous et tu verras l'accueil qu'on lui réserve, éluda Silvia.

Dès que l'entente fut établie, chacune partit de son côté. Il ne me restait plus qu'à rejoindre Pierre-Olivier. Je le trouvai assis, seul, à une table.

– Où est Yan ?

– Je ne sais pas, répondit-il sèchement.

– Tu crois qu'il a remarqué quelque chose ?

Pierre-Olivier haussa les épaules comme s'il s'en fichait éperdument.

– Qu'est-ce que tu as ?

– Rien.

– On ne dirait pas, avec l'air que tu fais…

– Et toi, tu ne voyais pas l'air que tu avais dans ses bras !

Je le regardai, interdite.

– Tu n'étais pas obligée de danser avec lui, s'emporta-t-il.

– J'ai trouvé cette excuse pour qu'on ait le temps de discuter sans se faire déranger.

– Ma blonde invite un autre gars à danser. Un *slow*, à part ça ! Je passe pour qui, moi ?

# L♥ve zone

– Plus macho que ça, tu meurs ! raillai-je. Tu me vois en train de danser sur du pop rock et d'avoir une conversation avec Nic en même temps ?

– Tu t'es sentie obligée de lui faire un câlin à la fin du *slow* pour service rendu ? À quoi tu joues, Mich ?

Ce fut la goutte qui fit déborder le vase.

– Je suis déjà sortie avec un jaloux, dis-je en guise d'avertissement.

– Peut-être que si tu étais moins collante avec les autres…

Collante ? Je ne la digérais pas celle-là !

– Pour qui tu me prends ? Une allumeuse ?!?

P.-O. se croisa les bras en guise de réponse.

– Tu ne me fais pas confiance, conclus-je froidement.

Il tendit la main vers moi.

– Ne me touche pas, avisai-je en reculant.

Il ne m'écouta pas et me saisit le bras. Je me dégageai avec raideur.

– J'en ai assez entendu, clamai-je, déterminée à lui montrer que je pouvais être aussi distante que collante.

– Mich…

– Je dois parler à Èvie, coupai-je, pressée de le fuir.

Une chicane le soir de mon bal ! C'était le comble !

– Il faut que je te parle, chuchotai-je à l'oreille de Marie-Ève.

Elle s'écarta de Dan.

– Penses-tu qu'elle va se dégonfler ? demandai-je pour la forme avant d'aborder le sujet qui me préoccupait vraiment.

– Eh bien, regarde, dit-elle en m'indiquant Josiane.

Elle était pendue au cou de Yan, qui affichait un sourire de conquérant. Je dois dire que Jo jouait à la perfection son rôle de séductrice.

– Elles vont toutes se payer sa tête. Silvia aura sa revanche, et plus personne après ce soir ne pourra dire que Jo a la réputation d'une fille facile, conclut Marie-Ève.

– Pourvu que ça ne dégénère pas, ajoutai-je.

Marie-Ève remarqua que le ton de ma voix avait changé.

– Toi, ça ne va pas…

– Pourquoi faut-il que je tombe toujours sur des gars jaloux ?

– Tu n'es pas la seule.

– Tu parles en connaissance de cause ?

– Eh oui…

# L♥ve zone

– Et tu l'acceptes ?

– Je joue le jeu pour rassurer Dan, jusqu'à ce que je trouve qu'il va trop loin. C'est flatteur mais agaçant à la fin, précisa Èvie.

– Flatteur, non. Agaçant, oui !

– Dis-toi que lorsqu'il se montre jaloux, c'est qu'il tient à toi, expliqua Marie-Ève.

– P.-O. m'accuse d'en avoir trop fait avec Nic.

– N'oublie pas qu'il sait que Nic avait un œil sur toi.

– Je lui ai raconté notre plan. Il aurait dû comprendre que le *slow* en faisait partie, non ?

– Il marque son territoire en indiquant la sortie aux rivaux potentiels. C'est à peu près dans ces mots que Dan me l'a expliqué, répondit Marie-Ève avec un sourire entendu.

Un élément nouveau vint nous distraire en plein milieu de notre conversation. Josiane entraînait maintenant Yan vers la sortie la plus proche. Nous ne pouvions, malheureusement, pas la suivre.

Beaucoup plus tard, elle nous conta les détails de la totale déception de son beau parleur.

Jo le conduisit jusqu'à la porte de la chambre. Elle glissa plusieurs fois la carte magnétique dans la fente du lecteur. La porte refusa de s'ouvrir.

– Tu la mets à l'envers, s'impatienta Yan en lui arrachant pratiquement la carte des mains pour l'essayer à son tour.

Le clignotant de la serrure vira instantanément du rouge au vert.

– Tu vois ! claironna-t-il d'un air triomphant, en faisant signe de la laisser passer.

– Toi, d'abord ! refusa-t-elle.

Il entra le premier. Comme dans toute bonne chambre d'hôtel, il y avait un petit couloir qui menait aux lits.

– Viens, ma toute belle, dit-il en lui prenant la main, afin qu'elle ne change pas d'avis.

Elle fit quelques pas et entra à sa suite.

– Ma toute belle ! singea une voix féminine.

Silvia et sa *gang* se tenaient blotties contre le mur de la chambre, ainsi elles ne pouvaient être vues de la porte d'entrée.

– Qu'est-ce que vous faites ici ?

– Je te retourne la question, Yan, riposta Silvia.

– Ça ne te regarde pas.

Yan se tourna vers Josiane qui, de son côté, lui avait brusquement lâché la main.

# L♥ve zone

– As-tu quelque chose à voir là-dedans ?

– Je dirais plutôt que, TOI, tu y es pour quelque chose, éluda Josiane.

– On a décidé d'inverser les rôles. Comment aimes-tu passer du statut de séducteur à celui de proie ? intervint Silvia, d'un ton railleur.

– Silvia, avoue que tu n'as toujours pas accepté que j'aie cassé avec toi et que tu as saisi cette occasion pour me le faire payer, hein ?

– Espèce de... de..., bégaya Silvia, offusquée.

– Et toi, Yan ! s'interposa Josiane. Avoue que tu t'amuses à manipuler les filles dites « faciles » parce qu'autrement tu as peur de ne pas intéresser les autres.

Il la regarda d'un drôle d'air, comme s'il la voyait pour la première fois.

– Je dois te dire, poursuivit-elle, que tu as raison de t'en faire sur ce point.

– Laisse-moi t'expliquer, Jo...

– Inutile d'en rajouter, coupa-t-elle. Tu sais maintenant que je ne suis pas une fille comme ça, et j'en sais assez sur toi pour ne pas vouloir te connaître davantage.

Et elle le planta là, au milieu des rires moqueurs des autres filles.

Nous ne revîmes pas Jo de la soirée.

Lorsque Josiane quitta la salle, je me suis dirigée vers les toilettes. J'avais des crampes menstruelles particulièrement douloureuses. J'entendis la voix de P.-O. derrière moi, alors que j'allais pousser la porte des dames.

– Mich, j'ai mal réagi.

– Pourquoi ? demandai-je en le regardant en face.

– Parce que tu es indépendante et que cela me rend nerveux.

Il se tenait debout devant moi, sans oser faire un geste, de peur que je l'interprète mal.

– P.-O., je suis indépendante, oui... mais collante, non. Même Nic sait ça ! expliquai-je.

– Je veux que tout le monde sache que tu es MA blonde.

– Vas-y, crie-le sur tous les toits si ça peut te rassurer. Je t'avertis, j'ai quand même le droit de parler à qui je veux !

– Parler, mais pas toucher ! concéda-t-il.

– Fais-moi confiance, exigeai-je avant de mettre un point final à cette conversation.

– Je te le promets.

– Embrasse-moi, susurrai-je.

# L♥ve zone

Il s'empressa de me satisfaire.

L'instant d'après, nous partions discrètement sans dire au revoir à personne.

Il n'y eut pas d'après-bal, je n'étais pas assez en forme pour cela. Avec tout ce qui s'était passé, Jo n'en avait pas envie non plus. Alors Èvie termina la soirée chez un ami de Dan.

# -18-
# La première fois

Juin 2009

Le samedi suivant, nous remettions ça ! Le bal de Pierre-Olivier se donnait à l'hôtel Le Chantecler dans les Laurentides. Mon *chum* et ses amis avaient réservé un terrain de camping dans les environs. Mon père avait catégoriquement refusé que j'accompagne P.-O. à son après-bal. Il m'avait brossé un tableau peu reluisant de ce genre de soirée, qui risquait fort de dégénérer en beuverie. Il n'était pas question que SA fille mette sa vie en danger ! Il s'était montré peu enclin à donner des explications quand je lui avais demandé quel danger au juste je courais. Néanmoins, je suis certaine qu'il avait en tête des idées bien arrêtées, du genre sexe, drogue et rock and roll.

Pauvre papa ! Il devrait écouter un peu moins le bulletin de nouvelles. Les médias ont toujours des horreurs à raconter...

Cela étant dit, j'avais un problème de transport à régler. Mon père servait de chauffeur pour l'aller. Ma mère travaillait cette fin de semaine-là, elle ne pouvait donc pas nous accompagner. L'idée de m'attendre ne plaisait pas vraiment à mon père, d'autant plus qu'il ne savait pas à quelle heure la soirée prendrait fin. Avec une certaine réticence, il me réserva une chambre sur place. Nous avions convenu que je reviendrais en autobus le lendemain. Mon père avait pensé à tout, même au taxi que je devrais prendre pour me rendre au terminus de Sainte-Adèle.

Dès que ce fut réglé, je pus vraiment profiter de la journée. Plusieurs éléments jouaient en ma faveur. J'étais reposée. Mes menstruations avaient miraculeusement cessé dans l'avant-midi. J'avais une deuxième chance de m'amuser et j'étais bien décidée à en profiter. Que demander de plus, à part le soleil ? Eh bien, il daigna se montrer le bout du nez en cette fin de journée !

Bien entendu, Pierre-Olivier et moi avions conservé la même tenue vestimentaire que pour mon bal. Pas question de se ruiner pour une deuxième tenue ! L'effet de surprise était donc émoussé, mais la joie qu'éprouvait Pierre-Olivier de me revoir si vite comblait largement cette lacune. Son enthousiasme était communicatif. Après tout, c'était son bal !

Il me présenta à ses amis. Je sympathisai immédiatement avec la blonde de Jérémie (le copain qui jouait au billard à la fête de Steph). Elle s'appelait Nathalie, mais la *gang* l'appelait Nat.

— Je n'ai jamais vu P.-O. s'intéresser autant à une fille, me glissa Nat dans l'oreille. Mich par-ci, Mich par-là. Il parle sans cesse de toi.

Le principal intéressé faisait le clown au milieu de sa *gang* de gars et il semblait vraiment heureux.

— Vous avez l'air de plutôt bien vous entendre, Jay et toi ? dis-je pour détourner l'attention de ma petite personne. Depuis combien de temps sortez-vous ensemble ?

# L♥ve zone

– Je sors avec lui depuis sept mois, mais je le connais depuis le début du secondaire.

Sur ces entrefaites, les gars nous rejoignirent. Pierre-Olivier m'entraîna sur la piste de danse. Le DJ diffusait *Apologize* de Timbaland. Le corps de mon *chum* épousait étroitement le mien. Ses bras m'enveloppèrent. Il enfouit sa tête au creux de mon épaule. Puis, je l'entendis murmurer :

– Est-ce que tu m'as pardonné d'avoir gâché ton bal ?

– J'ai tout oublié.

Il appuya sa bouche contre mon cou. Je sentis sa langue me chatouiller.

– Tu me fais frissonner, hoquetai-je.

– C'est le but, avoua-t-il.

– Pas l'oreille, l'avertis-je.

– Donne-moi tes lèvres, alors.

Ce que je fis en tournant la tête vers lui. Il m'embrassa aussitôt. Il y mit une telle fougue que j'en avais le vertige. Je sentis ses mains frôler mes fesses. Une chance que la lumière de la salle était tamisée.

– P.-O., protestai-je faiblement.

– Quoi ? m'interrogea-t-il en me regardant langoureusement.

– Pas ici.

– Où, alors ?

Je sentais le poids de ses mains dans mon dos. Elles se déplaçaient imperceptiblement.

– Dans ma chambre, hasardai-je sans réfléchir.

Les mains de Pierre-Olivier arrêtèrent brusquement leur manège envoûtant.

– Tu es sérieuse ? demanda-t-il en s'écartant légèrement, ses yeux rivés aux miens.

L'étais-je ?

– Peut-être.

– Penses-y comme il faut, m'avertit-il en appuyant intentionnellement le bas de son corps contre mes hanches.

De toute évidence, il voulait que je sente la dureté de son membre.

Je me connais. Si j'avais pris le temps de réfléchir, le rationnel l'aurait emporté sur l'instinct. Mais là, dans ses bras, mes sens me soufflaient la réponse.

– C'est déjà tout réfléchi.

– D'accord, accepta-t-il en expirant bruyamment. Quand ?

– Maintenant.

# L♥ve zone

– OK, dit-il, prêt à partir sur-le-champ.

– Je veux que nous nous éclipsions sans que personne s'en aperçoive, protestai-je pour le retenir.

Il se ravisa et m'enlaça étroitement.

– À la fin du *slow*, nous partirons discrètement au milieu de la foule qui se dispersera, suggéra Pierre-Olivier.

– Pourvu que tes amis ne remarquent pas tout de suite notre absence.

– Quand bien même ils la remarqueraient, ils se diront que j'ai cherché un coin pour être tranquille avec ma blonde.

Nous procédâmes comme convenu. L'instant d'après, nous étions seuls dans la chambre que mon père m'avait réservée. Pierre-Olivier se tenait gauchement debout au milieu de la pièce.

– Je n'ai jamais dormi à l'hôtel, dit-il pour tenter de détendre l'atmosphère.

– Moi, oui, avec mes parents, répondis-je, aussi intimidée que lui.

– Y a-t-il un risque que quelqu'un nous dérange ?

– Mon père va appeler, mais sûrement pas avant deux ou trois heures.

Ne sachant que dire, Pierre-Olivier garda le silence.

– Je suis un peu gênée, là, avouai-je.

– Je ne suis pas très à l'aise, moi non plus.

– Qu'est-ce qu'on fait ?

– C'est comme tu veux.

S'il ne me touchait pas bientôt, ses chances de me faire l'amour se réduiraient dangereusement.

– Que veux-tu ? tentai-je une dernière fois.

– Toi.

Il faisait une chaleur d'enfer dans cette chambre.

– Tu m'as.

– Pas encore, répliqua-t-il en raccourcissant la distance entre nous.

Tous mes sens étaient en alerte !

– Tu le ferais ?

– Oui… si tu es prête, répondit-il judicieusement en encadrant tendrement mon visage dans ses mains.

Ma raison vacilla, mon cœur s'emballa et mon corps réagit au quart de tour.

– Est-ce que tu m'aimes ? demandai-je.

# L♥ve zone

Cette question n'en était pas une, au fond, puisque j'en connaissais la réponse. Pourtant, cette réponse, je l'attendais avec impatience, ne serait-ce que pour avoir le plaisir, toujours renouvelé, de l'entendre de vive voix.

– Et comment ! s'exclama-t-il avant de plaquer sa bouche sur la mienne dans un farouche baiser.

Je ne me rappelle plus très bien comment nous avons fait pour nous retrouver nus l'un devant l'autre. Pierre-Olivier semblait plus à l'aise que moi. Il faut dire qu'il avait l'air fasciné par mon corps dénudé. Malgré la gêne que j'éprouvais devant son regard insistant, j'étais tout autant intriguée. Je me surpris même à fixer sans gêne son entrejambe !

La suite m'appartient. La première fois ne se raconte pas, elle s'expérimente. Malgré les maladresses dues à l'inexpérience, une fille qui fait l'amour avec un gars pour la première fois garde ce souvenir dans son cœur pour le reste de sa vie, surtout si elle éprouve des sentiments amoureux pour lui, et ce, peu importe le dénouement de leur relation par la suite.

Tout ce que j'ajouterai c'est que, cette nuit-là, je suis devenue une femme dans ses bras, et lui, un homme.

# -19-
## Ce n'est pas assez

Juillet 2009

Je devais travailler. De toute façon, l'argent de poche que me donnait mon père ne me suffisait plus. Je vis qu'on demandait une caissière au dépanneur du coin. Je postulai et fus engagée.

Pierre-Olivier et moi avions des horaires de travail qui variaient beaucoup. Nous ne savions jamais longtemps d'avance quel jour nous nous verrions durant la semaine. Certains jours, j'avais congé pendant qu'il travaillait, et vice versa. La situation était d'autant plus frustrante que nous avions le goût de nous voir plus souvent.

Le besoin d'être ensemble s'était accru depuis le bal de P.-O. J'avais le désir irrésistible d'être toujours avec lui. Pierre-Olivier n'en pouvait plus d'attendre pour me voir. Le manque d'intimité n'aidant pas, nous devions réagir. Il nous fallait un plan d'urgence pour remédier à la situation, qui devenait insoutenable.

D'abord, nous réduisîmes nos disponibilités afin d'avoir une plage de deux jours de congé consécutifs. Cela nous fut accordé. Nous avions donc deux semaines pour convaincre nos parents d'accepter que l'un de nous couche chez l'autre.

P.-O. obtint facilement la permission. C'était une autre paire de manches pour moi.

Ma stratégie était simple : aborder ma mère, la convaincre, l'utiliser comme alliée contre mon père. De cette manière, j'espérais lui faire comprendre que j'avais des besoins à combler. Pour obtenir gain de cause, je devais d'abord être honnête avec ma mère.

Un soir de semaine où nous étions seules, ma mère et moi, j'en ai profité.

– M'man, j'ai quelque chose d'important à te dire.

– Je t'écoute, Mich, fit-elle distraitement en pliant le linge propre.

– J'ai fait l'amour avec P.-O., révélai-je d'emblée en l'observant.

Elle suspendit son geste, maintenant tout ouïe.

– Ce n'est pas comme si nous ne savions pas, toutes les deux, que ça allait arriver un jour, n'est-ce pas, ma grande ?

Tout allait bien.

– Est-ce que... ? commença-t-elle, avant de s'interrompre.

J'avais un service à lui demander, je lui facilitai donc la tâche.

– Ça s'est bien passé, répondis-je, en fuyant son regard.

# L♥ve zone

– Pierre-Olivier a fait ce qu'il fallait.

– M'man ! m'écriai-je, indignée.

J'avais beau être à l'aise avec elle, il y avait tout de même des limites à respecter.

– Je ne veux pas les détails, se hâta-t-elle de préciser. Je veux juste savoir si tout s'est passé en douceur.

Elle voulait que je la rassure.

– Il... il a été... délicat, déclarai-je, les joues en feu.

– Tout est parfait, alors.

– Pas vraiment.

– Ah non ? s'étonna-t-elle.

– Tu sais ce qui me rendrait encore plus heureuse ?

– Hum...

Elle était sur ses gardes.

– Pouvoir passer plus de temps avec lui.

– Et... ?

– Nous aurons deux jours de congé ensemble d'ici peu. Il pourrait coucher ici, expliquai-je.

– Je comprends ta demande, mais c'est trop tôt, objecta-t-elle.

– Maman, P.-O. ne peut pas se payer deux allers-retours dans une même semaine.

– Effectivement, répondit-elle, mais il pourra s'en payer un, tandis que toi, tu pourras te payer l'autre, maintenant que tu travailles.

Ce ne serait pas aussi facile que prévu.

– Tu ne saisis pas, soupirai-je, découragée.

– Je comprends plus que tu ne le penses.

– Nous ne passons pas assez de temps ensemble ! m'écriai-je. Nous perdons un temps fou dans le bus. P.-O. va se taper un aller-retour dans la même journée. Ensuite, ce sera mon tour de me le taper dans le sens inverse le lendemain ? Tout ça pour des principes arriérés !?

– Puisque c'est ainsi, je préfère abréger la conversation, déclara ma mère, qui voulait se retirer.

– M'man ! Comment vais-je faire pour trouver un peu d'intimité ? rechignai-je pour la retenir.

– Quand le chat n'est pas là, les souris dansent, Mich. Quels jours tombent vos congés ?

– Le lundi et le mardi, répondis-je du bout des lèvres.

# L♥ve zone

– Ton père travaille justement ces jours-là, sauf les deux dernières semaines du mois de juillet. J'ai congé les lundis, mais je travaille les mardis. Alors, tu sais ce qu'il te reste à faire ?

– Je pourrais aller chez lui, alors. Ses parents sont d'accord.

– Pour les mêmes raisons, nous n'accepterons pas plus que tu couches chez lui.

– Parce que je suis trop jeune, c'est ça ? tempêtai-je.

– Étant donné que tu es assez vieille pour avoir des relations sexuelles, ce n'est certainement pas la première raison qui me vient en tête.

– Pourquoi alors ?

– Votre relation est récente.

– Je le connais depuis un an.

– Oui, mais tu sors avec lui depuis seulement deux mois. Prenez le temps de vous connaître un peu avant d'adopter immédiatement le modèle conventionnel de la vie de couple adulte. Il n'y a aucune urgence.

– Ce n'est plus comme dans ton temps ! lançai-je, ne trouvant rien d'autre à dire.

– Les mœurs de chaque époque présentent des avantages et des inconvénients. Les parents acceptent facilement de nos jours que le *chum* ou la blonde couche sous leur toit. Je ne suis pas obligée d'y adhérer si je ne me sens pas à l'aise.

– Pfff !

Fin de la discussion. Ma mère s'était rangée du côté de l'ennemi, en l'occurrence, mon père. Puisque c'était comme ça, je m'enfermai dans ma chambre pour le reste de la soirée. J'ouvris la *webcam* et j'appelai d'urgence Pierre-Olivier.

– Ma mère n'a rien voulu entendre, me plaignis-je, le regard rivé sur mon écran d'ordinateur.

– Tu lui as bien dit que j'avais l'autorisation de mes parents pour que tu couches chez moi ? demanda-t-il.

– Selon elle, c'est du pareil au même. Je la déteste !

– Ne dis pas ça, tu ne le penses pas vraiment, dit-il, navré.

– Si, jetai-je avec rancœur, elle m'empêche de te prendre dans mes bras...

Nous avions en tête le souvenir de notre première (et peut-être notre dernière) nuit d'amour. Je vis le désir briller dans ses yeux.

– Je vais tout faire pour que nous nous retrouvions seuls de temps en temps, s'enhardit-il. Alors là, tu pourras me prendre dans tes bras autant que tu veux.

Un sourire involontaire étira ma bouche.

– Je te trouve *sexy* avec ce petit air mystérieux. Je donnerais cher pour savoir ce que tu penses en ce moment, ajouta P.-O.

# L♥ve zone

– Tu restes raisonnable quand mes parents refusent d'entendre raison, mais l'instant d'après, tu me laisses supposer le contraire ! répondis-je en me mordant la lèvre inférieure.

– J'ai seulement *l'air* raisonnable, répliqua-t-il. Les apparences sont souvent trompeuses.

– Explique-moi, minaudai-je.

– Si tu pouvais voir à l'intérieur de mon corps, tu verrais qu'il y a le feu. Il n'y a que toi qui saches l'éteindre.

P.-O. me déshabillait du regard. Je me trémoussais de plaisir sur ma chaise.

– J'ai envie de toi maintenant, osai-je dire sans aucune retenue.

– Et moi, j'ai envie de toi tout le temps, répliqua-t-il, le souffle court.

Nous n'aspirions qu'à une seule chose : tomber dans les bras l'un de l'autre.

\*\*\*

Les semaines qui suivirent furent vécues avec beaucoup de fébrilité, de joie, mais aussi de grandes frustrations. J'étais heureuse de voir P.-O., mais le temps passait trop vite quand j'étais avec lui. J'étais fâchée de le quitter le lundi, mais je me disais qu'au moins, je le verrais le lendemain. Il n'y a pas de mot pour décrire mon état d'esprit le mardi soir. J'avais l'âme en peine à l'idée d'avoir à attendre toute la semaine pour le revoir. Je pleurais souvent sur mon oreiller ce soir-là.

Les autres jours, j'essayais de me distraire avec mes amies. Marie-Ève partageait son temps entre Dan et son travail dans une animalerie. On se voyait une heure ou deux (pas plus) par semaine. Une chance que Josiane était célibataire (pourvu qu'elle ne m'entende pas) ! Je sortais régulièrement avec elle.

Depuis l'histoire du bal, aucun gars n'ignorait la mésaventure de Yan. En une soirée, la réputation de Jo avait passé de dévergondée à sainte-nitouche (ou plutôt « pas touche »).

Un soir de semaine où je finissais tôt le travail, j'allai dormir chez Josiane, question de tuer le temps.

– Je me sens « vegge », dis-je à Jo, tandis que nous étions étendues sur le lit à discuter.

– J'ai mal aux pieds, soupira Josiane. J'ai marché tout l'après-midi dans le Vieux-Port.

Josiane ne travaillait pas. Ses parents lui donnaient tout ce qu'elle voulait.

– Tu es allée avec qui ?

– Ma mère, répondit-elle. J'ai dîné avec elle pendant sa pause. Il faisait tellement beau que je n'avais pas le goût de rentrer tout de suite. Je me suis donc promenée au bord de l'eau.

Elle se redressa brusquement avant de lancer :

– Tu sais qui j'ai rencontré là-bas ?

– Qui ?

# L♥ve zone

– Jean-Yves, figure-toi !

– Nooon ! ! ! ! ! ! !

– Ouiii !

– Tu lui as parlé ?

– Je me serais gênée, tu penses ?

Oh que non ! La preuve...

– Je l'ai menacé d'informer toutes les filles que je connais qu'il a un petit pénis s'il parlait ou agissait encore contre moi.

– Pas vrai !

Un bruit de téléphone résonna dans l'autre pièce.

– Il pensait que je bluffais, mais j'ai bien vu la peur dans ses yeux, poursuivit-elle sans daigner répondre à la sonnerie.

– Qu'il se le tienne pour dit ! m'exclamai-je pendant que le téléphone se taisait.

Quelqu'un vint immédiatement cogner à la porte.

– Oui ? cria Josiane avec impatience.

La porte s'entrebâilla sur la mine exaspérée de sa petite sœur.

– C'est pour toi, dit Sarah en tendant brusquement le téléphone sans fil à Jo. Fais ça vite, j'attends un appel.

– Allô ! fit-elle en renvoyant cavalièrement d'un geste significatif sa cadette.

Je vis le visage de mon amie se figer. Ensuite, de sa main libre elle masqua l'appareil tout en articulant silencieusement l'ordre de prendre l'autre combiné, qui était sur la table de chevet.

Je reconnus l'interlocuteur au bout du fil.

– ... si tu me le permets, j'aimerais t'inviter au restaurant en fin de semaine, proposa Yan.

– Non, répondit sèchement Josiane.

– C'est bien ce que je pensais... Jo, j'aimerais te voir, j'ai quelque chose d'important à te dire.

– Dis-le-moi au téléphone.

– Je suis nul au téléphone.

– Tu as parié sur moi comme si j'étais un bon cheval de course ! argumenta-t-elle.

– Quand les gars ont lancé le défi, j'ai ri, mais je n'ai pas pris ça très au sérieux… jusqu'à ce que je te voie. Alors, ç'a été plus fort que moi. J'ai saisi ma chance comme un imbécile, au lieu de jouer franc jeu avec toi, se défendit-il.

Il semblait sincèrement désolé, du moins, si on se fiait au ton de sa voix au téléphone.

– Ça ne changera rien à ce qui s'est passé.

# L♥ve zone

Seule une amie très proche pouvait détecter un subtil changement dans l'attitude de Josiane. Je n'étais pas dupe, la voix de Jo manquait de fermeté.

– Tu as raison, mais j'aimerais tout de même te rencontrer... pour ce que j'ai à te dire. Si tu ne veux pas, je ferai avec.

Josiane me lança un regard implorant. Je haussai les épaules d'impuissance.

– Je vais y penser, lança-t-elle après un moment d'hésitation.

– D'accord, souffla-t-il.

– As-tu gardé mon adresse MSN ?

– Bien sûr, et toi ?

– Redonne-la-moi, s'il te plaît ! rétorqua-t-elle en m'adressant un clin d'œil.

Ce qu'il fit en gardant son calme.

– Je dois te laisser, trancha Josiane pour mettre fin à la conversation.

– Salut, Jo.

– Eh bien ! pouffai-je de rire. Avais-tu vraiment supprimé son courriel ?

– Non ! s'esclaffa-t-elle à son tour.

– Je ne te savais pas aussi subtile.

– Moi non plus.

– Tu m'impressionnes, commentai-je.

Jo hocha la tête comme si elle se surprenait elle-même.

– Quelle journée ! s'écria-t-elle, les yeux dans le vague.

– On dirait que c'est la journée des comptes à rendre.

– C'est moi qui me trompe ou il avait le ton de quelqu'un qui regrettait ?

– Il faisait pitié.

– Ah ! s'exclama-t-elle, soulagée d'avoir vu juste.

Josiane garda le silence pendant un bon moment, puis elle me dévoila une partie de ses pensées :

– C'est la première fois que je me trouve en position de force devant un gars.

Elle hésita à poursuivre. Quand elle se décida, ce fut d'une voix plus ferme :

– C'est peut-être dû à la décision que j'ai prise de prendre une pause.

J'en doutais sérieusement, mais je n'allais certainement pas le lui dire.

– Je peux me connecter sur MSN ? demandai-je en changeant radicalement de sujet.

# L♥ve zone

– Fais comme chez toi.

Il y avait un message dans ma boîte de réception. P.-O. m'avait sûrement envoyé un message de son cellulaire pendant sa pause.

Une mauvaise surprise m'attendait à l'écran.

– Qu'est-ce qu'il me veut ? grognai-je à voix haute.

Alertée par le ton de ma voix, Josiane se rapprocha pour jeter un coup d'œil par-dessus de mon épaule.

– Qui ?

– Lenny.

– Qu'est-ce que tu attends pour lire le message ?

La main sur la souris, je n'osais pas cliquer sur le courriel.

– Je ne sais pas, répondis-je. Je ne suis pas sûre de vouloir savoir.

– Envoie son courriel à la corbeille, alors, si tu penses qu'il veut te faire du trouble, me conseilla sagement Jo.

En réalité, elle se retenait furieusement de ne pas me pousser de la chaise pour l'ouvrir à ma place !

– Et si c'était important ?

Josiane ne voulait pas me mettre de la pression, même si elle brûlait de curiosité.

– À toi de décider.

Je cliquai sur le lien. Je pris rapidement connaissance du texte. Je sentis Jo s'appuyer sur mon épaule.

– Bonjour, Mich. J'espère que tu vas bien. Je travaille comme un dingue. Je vais bientôt commencer l'université et ça coûte cher ! À part ça, rien de neuf. Dernièrement, je me suis demandé si on ne pourrait pas se voir en amis. Si tu veux, fais-moi signe. Lenny, lus-je à haute voix.

– Il pense encore à toi, commenta Josiane.

– Tu y crois, à son histoire d'amitié ?

– Pas vraiment.

– Selon toi, il est encore amoureux de moi ? demandai-je, soudain contrariée.

– Il veut te voir, en tout cas. Que vas-tu lui répondre ?

– Je devrais lui répondre ?

– Rien ne t'y oblige, Mich.

J'allais bien avant que Lenny me donne de ses nouvelles. Pourquoi fallait-il qu'il remette ça quatre mois après notre rupture ? « Si tu veux », écrivait-il. Justement ! Je ne voulais plus rien savoir de lui !

Pourquoi n'avais-je pas suivi mon instinct et mis son message à la corbeille avant de l'ouvrir ?

# -20-
## La crise mondiale

Août 2009

Qui aurait dit que la simple décision de ne pas répondre à un courriel « indésirable » m'entraînerait vers la catastrophe ? Pierre-Olivier et Lenny en sont venus à se battre sous mes yeux ! ! ! Je te raconte…

P.-O. et moi avions décidé d'aller nous promener au parc La Fontaine pour fuir mon frère qui avait débarqué à la maison plus tôt que prévu. Il faisait beau et chaud. J'avais apporté une serviette de plage pour nous étendre sur la pelouse près de l'étang. On se prélassait au soleil en profitant pleinement de nos dernières heures ensemble avant longtemps. Pierre-Olivier devait repartir le soir même.

Avec toute cette chaleur, j'eus soudain très soif. Je laissai mon *chum* quelques minutes pour aller boire à la fontaine du parc. J'étais loin de me douter que j'étais suivie.

– Salut, Mich.

Je m'étouffai avec ma dernière gorgée d'eau.

– Tu es encore plus belle que dans mes souvenirs.

– Lenny, que fais-tu ici ? demandai-je en m'essuyant avec mon avant-bras.

Je cherchai Pierre-Olivier du regard. Il était étendu sur le dos, le visage tourné vers le ciel.

– Je profite du beau temps. Rien de tel qu'une belle promenade au parc, répondit-il sur un ton faussement innocent.

– Le parc Jarry ne faisait pas l'affaire ?

Il vivait à deux minutes de ce parc.

– Je préfère le parc La Fontaine.

Il se payait ma tête.

– Bonne promenade, alors, lançai-je en faisant un pas sur ma droite.

Il me bloqua immédiatement le passage. J'allais le contourner lorsqu'il refit un autre pas de côté.

– Pourquoi tu ne m'as pas répondu ?

– Je ne savais pas que j'étais obligée de le faire…

– Cela aurait été gentil de ta part. Si tu ne voulais pas me voir, tu n'avais qu'à me l'écrire.

– Qu'est-ce qui me dit que tu aurais compris ?

Il n'avait pas saisi que mon silence était aussi éloquent qu'une réponse écrite noir sur blanc.

– Tu fesses fort quand tu veux. Tu as toujours eu la langue acérée, railla-t-il, piqué au vif.

Je n'avais plus qu'une idée en tête : me débarrasser de lui et rejoindre Pierre-Olivier au plus vite.

– Pourquoi es-tu venu, Lenny ? demandai-je avec brusquerie.

Un changement d'humeur s'opéra visiblement en lui.

– Je suis venu parce que je ne comprenais pas ton silence. Qu'est-ce que je t'ai fait pour que tu me traites comme ça ?

– Je suis désolée, Lenny. Je...

– Tu me manques, coupa-t-il.

Était-il sourd ?

– Je ne veux pas te faire de peine, poursuivis-je. Toi et moi, c'est fini.

Dès que je voulus ébaucher un mouvement, il m'attrapa le bras pour m'immobiliser.

– J'ai eu en masse de temps pour réfléchir, Mich. J'ai commis des erreurs que...

– Lâche-la !

Le sang me monta au visage. Lenny jeta un coup d'œil derrière lui. Pierre-Olivier le fixait.

– Ton nouveau chevalier servant, Mich ? ironisa Lenny.

– Je t'ai dit de la lâcher, commanda Pierre-Olivier avec agressivité.

Lenny fit exactement le contraire. Je sentis sa main me serrer davantage.

– Tout va bien, P.-O., intervins-je. Laisse-nous quelques minutes, s'il te plaît.

– Tu sors avec C3PO le petit robot ?

Je ne me souvenais plus que Lenny avait épluché mes contacts MSN dans le temps où nous sortions ensemble !

– Il n'est pas un peu trop jeune pour toi, Mich ? nargua Lenny. Va te rasseoir gentiment sur la pelouse, « P.-O ». Attends que ta belle te revienne de son plein gré.

Le poing de Pierre-Olivier atterrit directement sur la mâchoire de Lenny. L'instant d'après, ils se battaient comme deux chiens enragés.

– Arrêtez ! leur criai-je. Arrêtez immédiatement !

Ils ne faisaient plus attention à moi. Les coups pleuvaient. Si je m'interposais, je risquais d'en recevoir un, alors je m'époumonais dans l'espoir que l'un des deux entende raison. Après un moment qui me sembla interminable, deux hommes d'un certain âge vinrent les séparer. Ils avaient probablement eu pitié de moi. J'en avais les larmes aux yeux.

# L♥ve zone

– Ne t'avise plus jamais de l'approcher ! rugit P.-O. derrière l'un de mes bons Samaritains, qui le maintenait à bonne distance.

– Oh là là, se moqua Lenny, derrière l'autre homme. Mich, on dirait que tu es encore tombée sur un jaloux.

– On se calme, lui conseilla l'inconnu à côté de lui.

– Je suis calme, répondit Lenny en se frottant la mâchoire. C'est lui qui a commencé. Eille, l'enragé ! Je te la laisse. Amuse-toi bien. Ton temps est compté. Pour te donner une petite idée, je n'ai pas fait un an avec elle.

Lenny me jeta un dernier regard, puis s'éloigna de nous sans rajouter quoi que ce soit.

Je reportai mon attention sur Pierre-Olivier.

– Tu saignes du nez, lui fis-je remarquer.

Il s'essuya machinalement en évitant de me regarder. Il s'approcha de la fontaine pour nettoyer le sang sur sa main et son nez.

– Tiens, dis-je en lui tendant un papier-mouchoir.

Il le prit et tourna les talons sans faire de commentaires. Je le suivis jusqu'à ce que nous arrivions à l'endroit où nous avions laissé nos affaires. Toujours aussi silencieux, Pierre-Olivier s'assit en évitant de me regarder.

Je ne savais plus quoi penser. Tout se bousculait dans ma tête. J'étais incapable de me repasser la scène dans l'ordre. Un incroyable mélange d'impressions, de paroles échangées, de sentiments divers et d'images choquantes bombardaient mon esprit. On ne m'avait pas habituée à tant de violence. J'étais sous le choc.

– Tu veux qu'on en parle ? demandai-je quand son silence devint insupportable.

– Non, marmonna-t-il.

Qu'est-ce que j'avais fait ou dit de mal ? J'avais beau essayer de me creuser la tête, je n'arrivais pas à penser clairement. On aurait dit qu'il m'en voulait, et je ne savais pas pourquoi.

– P.-O., je...

– Arrête de m'appeler P.-O. ! s'exclama-t-il avec hargne.

– Qu'est-ce qui te prend ?

– As-tu d'autres questions comme celles-là ?!

– J'ai eu ma dose de répliques blessantes pour aujourd'hui, répliquai-je, de mauvaise humeur.

Je me levai avec raideur. Je tirai sur la serviette pour déloger Pierre-Olivier, je ramassai mon sac et partis en trombe.

En arrivant à la maison, je m'enfermai dans ma chambre, car je ne voulais voir personne, surtout pas mon frère qui écoutait sa musique à un volume assourdissant. Cela ne m'empêcha tout de même pas de guetter la sonnerie de la porte d'entrée. Au bout d'un certain temps, je compris que Pierre-Olivier ne viendrait pas. Son autobus partait à 21 heures. Qu'allait-il faire des quatre heures qui restaient avant son départ ?

Maudit Lenny ! Il avait encore réussi à bouleverser ma vie. Des larmes commencèrent à couler le long de mes joues.

Curieusement, mon cerveau continuait d'enregistrer ce qui se passait autour de moi. Malgré les gros sanglots de rage qui me secouaient, je remarquai que le volume de la musique émanant de la chambre de mon frère avait subitement baissé. Ça me dérangeait qu'il m'entende pleurer. Pourtant, je n'y pouvais rien. Il fallait que ça sorte.

Un peu plus tard, j'entendis un bruit de conversation derrière ma porte.

– C'est la crise mondiale, disait mon frère, avec un flagrant manque de tact masculin.

– Pas si fort, murmura ma mère.

– Va voir ce qu'elle a, reprit-il en baissant le ton. Si son *chum* lui a fait mal, je lui casse la gueule.

– Elle a besoin de tranquillité pour l'instant, pas de tes poings, conseilla ma mère.

Éric était égoïste, souvent de mauvais poil et nullement intéressé par la vie familiale, dernièrement. Je ne sais pas pourquoi, mais pour une rare fois, je semblais avoir touché son cœur de pierre.

J'entendis cogner à ma porte.

– Mich ? demanda doucement ma mère.

– Je ne veux pas en parler, m'man !

– D'accord... Si tu as faim, j'ai mis ton assiette dans le réfrigérateur.

Je ne pris pas la peine de lui répondre. L'idée même de manger me donnait la nausée. J'étais trop malheureuse.

Ma mère attendit quelques secondes avant de se retirer. Elle savait par expérience qu'il ne servait à rien de précipiter les confidences quand j'étais dans cet état.

*\*\**

Un mauvais rêve me tira du sommeil. J'étais tombée endormie sans m'en apercevoir. Je regardai l'heure. Il était minuit passé. Pierre-Olivier était arrivé chez lui. Je me branchai sur Internet pour voir si par hasard il était en ligne. Bien sûr que non ! Je n'avais pas non plus de nouveau message dans ma boîte de courriels. Que nous arrivait-il ?

# -21-
## Rien ne va plus

Août 2009

Le téléphone sonna vers six heures du matin. J'entendis ma mère répondre.

– Non, Pierre-Olivier n'est pas chez nous.

Je me précipitai à l'extérieur de ma chambre.

– C'est qui ?

Ma mère lança d'abord un regard inquiet à mon père, avant de me regarder.

– Je ne sais pas, dit-elle à son interlocuteur. Voulez-vous parler à ma fille ?

Après un silence, elle ajouta :

– Très bien, je vous la passe.

Ma mère me tendit le combiné.

– Allô ? fis-je d'une voix incertaine.

– Marie-Michelle, c'est Hélène, la mère de Pierre-Olivier.

Comme si je ne l'avais pas reconnue !

– Est-il arrivé quelque chose à P.-O. ? criai-je presque dans le téléphone.

– Mais non ! me rassura immédiatement Hélène. Enfin, je ne crois pas... Il a découché. Comme il arrive tard lorsqu'il revient de chez toi, nous nous sommes entendus pour qu'il prenne un taxi. Nous sommes habituellement couchés à cette heure-là, puisque nous travaillons tous les deux le lendemain. Je ne l'entends pas toujours rentrer. Ce matin, je me suis réveillée tôt et j'ai constaté que son lit n'avait pas été défait. Sais-tu où il est ?

– Non, dis-je nerveusement.

– Est-il parti à la même heure que d'habitude ?

– Je ne sais pas... On s'est disputés.

– C'est arrivé à quelle heure ?

– Vers l'heure du souper, sanglotai-je.

« Calme-toi, Mich », essaya de me rassurer ma mère, tandis qu'Hélène poursuivait au téléphone :

– Je suis sûre qu'il est allé se réfugier chez un ami. Il s'agit juste de savoir lequel. Tu n'as pas une idée ?

– Non..., hoquetai-je en essayant de me ressaisir.

# L♥ve zone

Je réfléchissais à toute vitesse.

– Peut-être chez Jay, ajoutai-je avec espoir.

– Non, j'ai déjà appelé.

Où pouvait-il bien être, s'il n'était pas chez son meilleur ami ?

– Il est supposé travailler de 9 heures à 18 heures, soulignai-je.

– J'appellerai au magasin dès l'ouverture.

– S'il y est, j'aimerais le savoir. Ne lui dites surtout pas qu'on s'est parlé, voulez-vous ? demandai-je, la voix tremblante d'émotion contenue.

– Ne pleure pas, Marie-Michelle, je suis sûre que tout va s'arranger entre Pierre-Olivier et toi. Je te donnerai des nouvelles dès que j'en aurai. Si tu en as de ton côté, j'apprécierais que tu me les communiques. Ne t'inquiète pas pour le reste, je ne lui dirai rien de notre conversation.

Hélène raccrocha. Je donnai à mes parents les quelques informations qu'ils n'avaient pas saisies. Quand je voulus me retirer dans ma chambre, je trouvai mon frère adossé à ma porte. Il se redressa nerveusement dès qu'il me vit. Je passai devant lui sans lui adresser la parole. J'allais lui claquer la porte au nez lorsqu'il m'interpella :

– Que s'est-il passé ?

– Ça ne te regarde pas.

– Tu es ma sœur.

– Et puis après ?

– Je pourrais t'aider.

– Pfff ! fis-je en poussant la porte, qu'il bloqua de son pied.

Je renonçai à me battre pour garder mon intimité et m'allongeai sur le ventre, la tête dans l'oreiller. J'entendis le cliquetis de la poignée. Je relevai la tête pour voir si la porte était bien fermée. Éric était dans la pièce.

– Tu ne comprends rien aux filles ! rageai-je.

– Tu as raison là-dessus, concéda-t-il en tirant la chaise de l'ordinateur près du lit.

Il s'assit, ou plus exactement, il se laissa choir dessus et me regarda droit dans les yeux.

– Par contre, je suis bien placé pour comprendre ce qui se passe dans la tête d'un gars.

Il marquait un point.

– Raconte-moi ce qui est arrivé, me relança Éric, déterminé plus que jamais à défaire mes défenses.

À quoi bon m'obstiner. J'en aurais eu pour des heures et je n'avais pas d'énergie pour ça. Aussi, j'obtempérai en lui racontant tout, c'est-à-dire l'arrivée inopportune de Lenny, la bagarre et les paroles blessantes de Pierre-Olivier.

— Je vois, dit Éric en sifflant doucement entre ses dents.

— Explique-moi, alors, parce que moi, je ne vois rien du tout.

— Lenny a trouvé la « faille » de son adversaire et s'en est servi contre lui.

— Quelle faille ? Où trouves-tu tous ces termes de psychologie 101 ?

— Dans les livres ! ironisa-t-il. Tu sais, ces trucs en papier qu'on peut ouvrir et lire ?

— Très drôle.

Éric s'était toujours moqué de moi parce que, contrairement à lui, je n'aimais pas lire, au grand désespoir de notre mère qui s'obstinait à rapporter des livres de la bibliothèque pour stimuler mon intérêt.

— Sa faiblesse, si tu veux. Écoute, Mich, parle avec P.-O. lorsqu'il se sera calmé. Vous avez besoin de régler certaines choses ensemble.

— En attendant, je fais quoi ? Je suis morte d'inquiétude ! Je ne comprends pas ce qui nous arrive.

Des larmes de détresse se mirent à couler sur mes joues. Mon frère avait horreur de ça. Au lieu de prendre la fuite comme il en avait l'habitude, il me tendit maladroitement la boîte de papiers-mouchoirs.

– P.-O. s'est senti menacé parce qu'il est plus jeune que ton ex. Les deux sont entrés en compétition. L'enjeu, c'était toi, Mich !

– Il ne leur est pas venu à l'idée que j'avais mon mot à dire ? protestai-je.

– Ils n'étaient ni l'un ni l'autre en mesure d'écouter quoi que ce soit, rendus à ce stade-là.

La seule fois où mon frère m'avait autant impressionnée remontait au primaire, je crois. Il n'avait pourtant pas fini de me surprendre…

– Est-ce que tu tiens à lui ?

– Je l'aime.

– Dis-le-lui.

– Qu'est-ce que tu crois ? Combien de fois faut-il le répéter pour qu'il comprenne qu'il n'y a personne d'autre que lui dans mon cœur ?

– Le nombre de fois nécessaire pour faire taire ses doutes.

– Pourquoi doute-t-il de moi ?

– Il ne doute pas de toi, il doute de lui-même. Il pense qu'il n'est pas à la hauteur. Il a peur de connaître le même sort que Lenny s'il n'arrive pas à te combler.

Je ne m'étais pas aperçue jusque-là que mon frère avait le regard aussi pénétrant que ma mère.

# L♥ve zone

– Pourquoi n'est-il pas venu me retrouver ? Pourquoi se cache-t-il ?

– Parce qu'il n'est pas aussi différent de toi que tu le penses. Lui aussi, il se fait du mauvais sang à propos de toi…, répondit-il, les yeux dans le vague.

Quelques secondes passèrent, puis Éric reporta toute son attention sur moi. Il se gratta la gorge avant de poursuivre :

– Il n'ira pas se confier à ses parents. Il gardera plutôt ça pour lui et essayera de réfléchir quelque part où il est certain de ne pas se faire déranger. Laisse-lui le temps de se ressaisir. Ne le bouscule pas, me conseilla-t-il en se levant.

Il parlait comme s'il avait été le témoin oculaire de l'incident… ou comme s'il avait vécu la même chose. Une question me traversa l'esprit.

– As-tu déjà été amoureux ? voulus-je savoir.

– Eille ! protesta-t-il en se levant. Il ne s'agit pas de moi dans cette histoire.

Il replaça la chaise à sa place initiale et il me fit un clin d'œil avant de quitter la pièce.

J'étais convaincue qu'il avait, un jour, connu l'amour. Comment se fait-il que je n'en ai pas eu connaissance ? Maintenant que j'y pensais, je me souvenais vaguement de sa première blonde. J'avais douze ans à l'époque. Lui, il devait en avoir seize. Je n'aurais pu dire combien de temps Éric était sorti avec elle, mais j'aurais juré que c'est la fille avec qui il était sorti le plus longtemps. Je me promis de m'informer auprès de ma mère un de ces jours. Il va sans dire que j'avais d'autres sujets de préoccupation pour l'instant.

Au bout d'une heure d'intense réflexion, je saisis impulsivement le téléphone et composai le numéro de cellulaire d'Hélène.

– Allô ?

– C'est Marie-Michelle.

– Il a appelé à l'épicerie pour dire qu'il était malade.

– Je sais où il est.

– Il t'a appelée ?

– Non, répondis-je. J'ai deviné. Il est chez Brian.

– Je vais l'appeler immédiatement, dit Hélène, prête à raccrocher.

– Attendez ! Il n'est pas chez la mère de Brian, mais chez son père.

– Il est resté en ville ! Pourquoi n'y ai-je pas pensé plus tôt ?! s'exclama-t-elle, soulagée.

– J'ai le numéro de téléphone, le voulez-vous ?

– Bien sûr.

# L♥ve zone

J'avais gardé le numéro sous la main parce que c'est là que Pierre-Olivier dormait certains samedis soirs.

– Merci, Marie-Michelle.

– Hélène ?

– Oui ? fit-elle, soudain pressée de mettre un terme à la conversation.

– S'il est chez Brian, j'aimerais le savoir.

– Qu'il y soit ou non, je te rappelle.

Pierre-Olivier était effectivement chez Brian. Hélène ne me raconta pas ce qu'ils s'étaient dit, néanmoins elle m'assura qu'elle avait tenu secrets nos échanges d'information.

Pourquoi P.-O. ne m'appelait-il pas ? Il savait que je travaillais en fin d'après-midi ; il avait tout le temps de s'expliquer. Au dîner, je n'avais toujours pas eu de nouvelles de lui.

Devais-je l'appeler ? Non, il saurait alors que j'avais parlé avec sa mère. Je me sentais déjà assez coupable d'avoir comploté dans son dos. De plus, je ne voulais surtout pas le harceler. J'avais choisi de suivre les conseils de mon frère.

En réfléchissant un peu, je compris bien des choses. Dès que j'avais appelé Pierre-Olivier par son diminutif, Lenny avait tout de suite fait le lien avec son surnom MSN et j'avais déclenché involontairement la chicane. En le ridiculisant avec son surnom, Lenny ne l'avait pas seulement rabaissé devant moi, il avait aussi réussi à semer le doute dans l'esprit de Pierre-Olivier quant à notre avenir possible. Je n'avais pas amélioré la situation, car j'avais mal réagi devant l'attitude hostile de mon *chum*.

Une heure passa. Je n'en pouvais plus d'attendre son appel. Je vérifiai plusieurs fois que le téléphone était en service. Rassurée, je raccrochais immédiatement pour laisser la ligne libre. Une autre heure s'écoula encore, plus lentement que la précédente. À plusieurs reprises, je pris le téléphone dans ma main pour lui téléphoner, mais je me dégonflais chaque fois en me traitant de tous les noms.

Combien d'heures lui fallait-il pour réfléchir ? Qu'attendait-il pour me parler ?

Plus les aiguilles de l'horloge tournaient, plus je broyais du noir. Rien n'allait plus. Peut-être qu'il voulait casser et qu'il ne savait pas comment me l'apprendre ! J'étais désespérée et désespérante.

Alors qu'il ne me restait qu'une petite heure avant de partir travailler, j'eus le goût de tout envoyer promener. Je me sentais comme un lion en cage.

C'ÉTAIT ASSEZ ! Il fallait que je sorte prendre l'air. Je pris mes clés et mon sac avec la ferme intention de partir sans dire au revoir à personne. Je ne franchis pas la porte d'entrée : sur le seuil, je tombai nez à nez avec Pierre-Olivier.

– S... Salut, bafouilla-t-il.

Sans plus attendre, je saisis impérativement sa main pour l'entraîner de force dans mon sillage. Je le poussai presque dans ma chambre. Je fermai ensuite la porte avec autorité, bravant ainsi l'interdiction.

– Nous avons une heure. Ensuite, je pars travailler, précisai-je d'une voix neutre.

– Je voulais venir plus tôt, mais je n'ai pas pu.

– Pourquoi ?

– Je ne savais pas quoi te dire.

– Tu le sais, maintenant ?

– Oui, mais je ne suis pas certain que tu veuilles l'entendre.

J'eus peur.

– Je t'écoute.

– On dirait que j'accumule les gaffes avec toi. Je ne sais pas ce qui m'a pris, hier. J'étais énervé. Je sais que ce n'est pas une bonne excuse. Je comprendrais si tu m'en voulais encore.

Je respirais un peu mieux.

– J'étais sûre que tu me suivrais, P.-… euh… Pierre-Olivier (je devais à tout prix éviter de prononcer le diminutif de son prénom). Tu es parti sans un mot d'explication. En passant, ta mère a appelé ce matin. Elle te cherchait.

– Elle m'a trouvé. J'étais chez Brian, expliqua-t-il rapidement avant d'enchaîner. Tu pensais vraiment que je te suivrais ? Moi qui croyais que tu ne voulais plus me voir la face après ce que je t'avais dit !

– Ce n'est pas ta face, mais le ton de ta voix que je fuyais, soupirai-je.

– Au début, j'ai eu l'impression que tu te faisais draguer. Je venais à ta rescousse quand j'ai compris que tu parlais avec Lenny. J'ai vu rouge dès qu'il t'a touchée.

– Il faut dire que Lenny était particulièrement baveux, hier.

– Que voulait-il ?

– Il m'avait envoyé un message, auquel je n'ai pas voulu répondre en pensant qu'il laisserait tomber. Je me suis mis le doigt dans l'œil pas à peu près.

– Quel type de message ?

– Le genre « j'aimerais avoir de tes nouvelles »…

– Pourquoi ne m'en as-tu pas parlé ?

– Justement pour éviter les situations comme celle qu'on a vécue hier, répondis-je.

Lui aussi semblait mieux respirer.

– Je ne suis qu'un débutant. Comment tu fais pour m'endurer ?

– Je t'aime, répondis-je en remerciant intérieurement mon frère pour ses bons conseils.

Il me regarda directement dans les yeux. Un moment passa avant qu'il réponde, d'une voix incertaine :

– Des fois, je me dis que ça ne se peut pas… qu'un jour, nous allons nous laisser.

# L♥ve zone

– Tu veux qu'on se laisse, toi ? demandai-je.

– Non.

Fiou !

– Moi, non plus, ripostai-je.

Son visage se détendit presque instantanément.

– J'avoue que j'ai mis du temps pour répondre à tes avances, Pierre-Olivier, ajoutai-je. Mais là, en ce moment, je suis certaine d'une chose : je t'aime TOI ! Et pas un autre. Que veux-tu que je fasse pour te le prouver ?

Il était resté immobile tout le temps de notre conversation. Pas une seule fois, il n'avait cherché à se rapprocher physiquement de moi. Il se contentait de me fixer intensément du regard.

– J'aimerais t'embrasser.

– D'accord, approuvai-je.

J'attendis en vain qu'il s'avance vers moi. Mais comme lors de notre tout premier baiser, au jeu « vérité ou conséquence », il semblait incapable de venir chercher son baiser. Lorsque je compris enfin, un sourire flotta sur ses lèvres, que je trouvai absolument irrésistible. Par conséquent, je me rapprochai lentement de lui, jusqu'à ce que nos deux souffles se rencontrent. Il attendait toujours. Je me hissai alors sur la pointe des pieds et je l'embrassai.

Soulagés, nos corps se collèrent instinctivement, tandis que nos cœurs cognaient dans nos poitrines, à l'unisson. La réconciliation s'opérait dans le soulagement, mais aussi dans l'explosion de nos sens en alerte. La catastrophe avait été évitée de justesse.

Inutile de dire que j'étais incapable d'aller travailler après cela. Ma mère s'abstint de tout commentaire lorsque j'appelai au dépanneur pour dire que j'étais malade.

# -22-

## Le mot de la fin

Octobre 2009

Je t'ai négligé, cher lecteur, je m'en excuse. Je te dois ces dernières lignes, ne serait-ce que pour tirer un trait sur un chapitre de ma vie : mon passage au secondaire.

Je fréquente le collège Ahuntsic. J'adore ça ! Les profs donnent leurs cours sans se préoccuper de savoir si on les écoute ou non. Je m'organise toute seule pour les études. Comparé au secondaire, je n'ai presque pas de comptes à rendre aux professeurs (sur une base hebdomadaire du moins). C'est génial !

Par contre, je ne sais toujours pas ce que l'avenir me réserve côté carrière. J'ai choisi les sciences de la santé pour me laisser le plus grand choix de carrières possible. Je suis toujours anxieuse quand j'y songe, mais je constate que je suis loin d'être la seule à me faire du souci.

Je ne vois plus aussi souvent mes amies. Nous sommes toutes les trois très occupées. Marie-Ève veut faire son droit et elle s'est inscrite en sciences humaines au collège de Bois-de-Boulogne. Quand elle n'étudie pas, elle voit Dan. Alors on s'appelle ou on *tchatte* dans nos rares moments libres. Quant à Josiane, elle nous a surprises en s'inscrivant à Maisonneuve pour faire sa technique policière. Le choc passé, nous comprenons mieux pourquoi elle a fait ce choix. Nous croyons que le fait de travailler dans un monde majoritairement masculin l'endurcira. Enfin, je l'espère. En passant, Yan et elle forment un couple. Apparemment, il fait des pieds et des mains pour la combler chaque jour.

Je sors toujours avec Pierre-Olivier (je ne l'ai plus jamais appelé par son diminutif depuis notre dispute). Il s'est inscrit en technologie de l'électronique au cégep du Vieux Montréal. Il a choisi l'option qui touche à l'audiovisuel, car il dit que Montréal est réputée pour ses événements artistiques, avec ses festivals qui attirent une foule internationale. Nous nous voyons plus souvent, car son cégep est tout près de chez moi. Son père l'aide à payer une chambre, qu'il loue la semaine dans un logement occupé par plusieurs autres étudiants.

Il m'arrive encore de douter de lui (de moi aussi). Quand cela m'arrive, je me tiens tranquille (j'essaie, du moins) et j'attends que ça passe (du moment que ça ne casse pas !). J'oublie vite toutes mes incertitudes lorsque le vent balaie mes humeurs. Quelquefois, une simple fleur suffit à faire tourner le vent. Que voulez-vous, je l'aime ! S'il m'aime aussi, alors rien d'autre n'a d'importance.

Il n'y a pas si longtemps (pourtant j'ai l'impression que cela fait une éternité), j'étais à la croisée des chemins. J'ai parcouru un sentier sinueux avant de connaître le véritable amour. Je sais que j'ai encore beaucoup à faire, mais je suis bien décidée à poursuivre l'aventure (heureusement, Pierre-Olivier aussi).

Avant de tirer ma révérence, j'aimerais revenir sur l'idée de départ. Qui suis-je ? À part le fait que j'ai commencé le cégep et que je viens tout juste de fêter mes 17 ans, je ne sais toujours

# L♥ve zone

pas qui je suis réellement ! Pourtant, l'eau a coulé sous les ponts depuis le début de mon projet d'écriture.

Plus le temps passe, plus je me dis que, d'ici très peu de temps, je devrai gravir l'échelon supérieur et prendre les rênes de ma vie. Mon cœur flanche au bord de l'énorme précipice du monde des adultes et j'hésite à me lancer. Ma mère me réconforte en me disant de faire confiance à la vie, tandis que mon père me conseille plutôt de ME faire un peu plus confiance. Quant à mon frère, il me dit que lâcher mon fou de temps en temps ne peut pas me faire de tort. Tu sais quoi ? J'ai décidé de LEUR faire confiance ; après tout, ils ont fait un plus grand bout de chemin dans la vie que moi.

Sur ces pensées plus ou moins profondes, je quitte l'abstrait pour aller dans le concret. Fini les rêves ; place aux défis ! Souhaite-moi bonne chance, je pense que je vais en avoir besoin !

# Ressources

**Jeunesse, J'écoute**
1 800 668-6868
www.jeunessejecoute.ca

**Tel-jeunes**
1 800 263-2266
teljeunes.com

# Dans la collection Tabou

## En vente en librairie

## À paraître en août 2010

100 %

Imprimé sur du papier 100 % recyclé